実話コレクション
邪怪談

小田イ輔

竹書房文庫

目次

はりつけ

車での通勤途中、Cさんは事故現場に出くわした。

交通規制は解かれていたものの、未だ道路に散乱するガラス片が痛々しい。

道の傍らでは、それらを竹ぼうきで掃いている警官が数名。

そしてその警官の後ろに、両手で顔を隠すように立っている女性の姿があった。

「事故の被害者か、あるいは家族か、いずれにせよ泣いたまま立ち尽くすような人間が出る程の事故だったんだなって思いました」

その日の帰り、再び同じ道を通っていると、例の事故現場に差し掛かった。

「あの女の人がまだいるんですよ、朝と同じ姿勢のまま、両手で顔を覆って」

まさか丸一日同じ場所にいたのだろうか？

薄暗い夕暮れ時、車のヘッドライトが行き交う中に佇《たたず》む女性は、その光に照らされるでもなく、しかしハッキリとCさんの視界に捉えられている。

「なんていうか、独特な見え方をしていたから、そういうことなのかなって」

これまで幽霊やそれに類するものを見たことがないというCさんは、未だにそれが幽霊であるのかどうかよくはわからないと語る。

次の日も、更にそれからも、女性は同じ場所に立ち続けた。

「でも日を追うごとに段々と見え方が淡くなってきてたので、これそのうち消えるんだろうなと、漠然とそんな風に思っていました」

数か月経って噂話を耳にした。

「あそこに女の人が立っているっていう話、なんで今更って」

毎日通る道とはいえ、その頃にはCさんもわざわざ女性の姿を確認するようなことはなくなっており、気が付いた時に「まだいるな」と思う程度であった。

「別に動くでも祟るでもないし、顔を隠しているせいかそこまで怖くもなく」

噂話が立ってから少しして、女性の足元に石仏が建った。

「その土地の人か、あるいは家族か、噂話を聞きつけたんでしょうね。ピンポイントで足元に立っていたので、やっぱり誰か私の他にも見ていた人がいたんだろうなと」

これで尚更早く消えていくだろう、そう思ったのも束の間。

「それが、逆にハッキリ見えるようになったんですよ」

事故の朝に目撃した時にすら見えなかった洋服の柄まで確認できた。

「何が悪かったのか、いや、悪いのかかな？　どうかはわかんないですけどね」

石仏には、一定の間隔で花束などが供えられているといい、そういう日は、特に姿を鮮明に確認できるそうだ。

「何となくですが、耳目《じもく》を集めたのが原因なんだろうなと思っています」

今にも消えそうだった彼女は、その機会を逸し、今日も立ち尽くしている。

恩返し不発

夏の暑い日、夜勤から帰ってきたJ君は、ひと眠りしようと自分の部屋の窓を全開にして布団に横になっていた。

部屋に流れ込んでくる風に誘われ、うとうとしだした頃。

「外から妙な声が聞こえて来てさ」

声たちは「ひのようじん、まっちいっぽんかじのもと」と繰り返している。

「そんなね、乾燥している冬ならまだしも湿気だらけの真夏だよ？　しかもクソ暑い日中に何を素《す》っ頓狂《とんきょう》なことを呼びかけているんだと」

今まさに眠りに落ちようとしていたJ君は、その声たちによって睡眠を阻害され気を悪くしていった。

「だって延々と続けてるんだもん、真夏の炎天下の日に『火の用心』って繰り返してる。いつまで続くのか、うるせえったらなくて、こっちは疲れてるからイライラしちゃってさ」

——うるせえぞ！

堪《こら》えきれなくなった彼は、窓際に立って声がする方に叫んだ。

「甘ったるい子供のような声だったから、俺はてっきり、夏休みで暇を持て余した子供たちがふざけてるんだろうなと思っていたんだけど……」

近辺に、それらしき姿はどこにもない、その代わり——

「猫がさ、大小混じって整列してて、何匹ぐらいだろうなぁ、五、六匹？　そんで目を丸くしてこっちを見てるわけ、ギョッとしたような面《つら》でね」

さっきまでの声は消えて無くなり、差し込む日差しの下で睨《にら》み合うJ君と猫たち。

「まさか猫じゃないよなと思いつつ」

猫たちはチャラチャラと鈴を鳴らしながら、するすると路地裏に消えて行く。

以後、火の用心の掛け声は聞こえなくなった。

「まぁどうであれ、静かになったのは良かった」

そのまま布団に転がり込んだ彼が目覚めたのは昼過ぎのこと。

「なんか騒がしくて、妙な臭いもしてきてたから」

起き上がって窓の外を眺めると、はす向かいの一戸建てから火が出ていた。

「そっからは寝るどころじゃなかった、大騒ぎになっちゃって」

燃えたのは、近隣では有名な猫屋敷だったそうだ。

「そうするとさ、朝のあの声って何だったんだろうなと」

子供たちはおらず、猫が整列していたあの光景。

「もしかしたら、奴らは燃えた家の住人に警告してたのかも知れないなと思って。餌だの貰ってただろうから恩返しの意味でさ、だからよ……」

その警告を「うるせえぞ」の一言で終わらせたのは彼である。

「いやぁ『そうも考えられる』ってだけで、実際そんなの有り得ないだろ。そもそもあんなにうるさく呼びかけてたのに気づかない方も悪いよ」

猫たちの警告が不発に終わった結果、焼け跡から家主の焼死体が発見されたそうだ。

動揺

Aさんは中学生の頃バレーボール部に所属していた。

「弱小だったけど結構真面目に練習してたんだよ、朝練とかもあったし」

彼女の地区には明らかにレベルの違う県大会常連校が二校あり、優勝争いは長い間その二校によるものとなっていた。

「ホント強いんだよね、皆同じ公立の中学校なのにその二校だけは突出してた」

二年生の冬休み、学区の枠を超えて争われる大会に参加していた時のこと。

「隣県の私立高校が主催で毎年行われてたの。普段は顔を合わせることのない別な県の学校と試合することができるから、やる気のある中学は大抵参加するんだ」

秋の新人戦を終え、来春の中体連の予選に向けて、各校がそれぞれの実力を評価し合う上でも重要な大会だった。

「うちらは優勝目指せる程強くなかったから。まぁ出来るだけ勝ち上がった方が試合数を多くこなせるし、練習試合のつもりで頑張ろうねみたいな感じだった」

抽選の結果、彼女たちは同地区の強豪校のうち一校と初戦からぶつかることになった。

「せっかく他の県の学校と試合できるのに、よりによって何なのって」

新人戦で完敗を喫している相手との再戦であったが、チームの士気は低かった。

「どう考えても三か月やそこらで覆《くつがえ》せる実力差じゃなかったからねぇ」

胸を借りるつもりで臨《のぞ》んだ試合に、しかし彼女たちはあっさり勝ってしまう。

「といっても不戦勝ね。私はセッターだったんだけど試合が始まって直ぐに相手のコートに選手が七人いることに気付いて、それを審判に指摘したの」

審判は不審な顔をAさんに向け「ちゃんと六人だけど?」と返答した。

「いやいや、どう考えても七人いるよね？　ってチームメイトとか先生にもアピールしたんだけど、皆ポカンとしてるのよ」

そうこうしているうちに相手側のコートの様子がおかしくなった。

「何か泣き出している娘とか、しゃがみ込んじゃったりする娘もいて」

何が何やらわからないうちに相手チームはその試合を棄権した。

「こっちだってよくわかんなかったよ、先生には何でか怒られるし、他の皆も『アンタ何言ってんの?』みたいな感じで」

Aさんが後に聞いた話では、二学期を終えた段階で転校してしまった相手チームの元主力選手が、引っ越し先で事故に遭い、当時意識不明の重体に陥っていたらしい。

「それで随分不安定な状態で出場してたんだって、だから私が何だか縁起でもないこと口走ったせいでチームが総崩れになってしまったってことだったみたい」

その娘がどうなったのかまではAさんもわからないという。

「ただ、あの七人のうち一人が『その場に居なかった』んだとして、一体だれがそうだったのか、私にもわからないんだよね。皆同じユニフォーム着てたし」

魅入られる

O君の友達であるN君は、大学進学を機に地元を離れ一人暮らしをはじめた。

大学生としての生活が始まって間もない四月の末、N君からO君に電話があった。

「引っ越した部屋がおかしいので五月の連休にでも泊まりにきてくれって」

O君とて予定がある。五月の連休は無理だと伝えると「じゃあなるべく早くでいいからとにかく来てくれ」とのこと。

以後も、定期的に連絡を取り合っていたが、結局、O君がN君のアパートを訪れたのは夏真っ盛りの八月だった。

「どうせなら暇な連中も連れて行こうと思って、高校時代の麻雀仲間も誘って、近県にある奴のアパートに向かったんです」

ロフト付きの1K、築十年にも満たない物件。幽霊など出そうもないような、明るく小奇麗な雰囲気の部屋で、N君はこれまでにあったことを静かに語った。

「夜中に部屋の中が突然光ったりだとか、白い球が何個も現れてぴょんぴょんハネたりだとか、突然誰かの大声が響くっていうのも言ってました。それ以外にも色々喋ってましたけど、全部は覚えてないです、でもそれぐらい色々あったようで」

それも一回や二回ではなく、何度も繰り返すのだという。ある程度は慣れてしまった部分もあるが、誰かに相談するにも人を選ぶ内容であるため、先《ま》ずは気心の知れた友人にということでO君に白羽の矢を立てたのだそうだ。

「もしかしたら、環境が合わなくて精神的に病んでしまったせいで、わけのわかんないことを言っているのかなとも思ってたんですけど、そういう風でもなくて」

若干痩せたようにも見えるが、精神的に崩れている様子ではなかった。

「そもそも、Nが俺らを呼んだのは『自分がおかしくなっているわけではない』ということを、自分で証明したかったからのようです。まず奴自身が自分は狂ってしまったんじゃないかと疑ったみたいで、でもだったらこの部屋の外でもおかしなことが起きなきゃならないワケで、そう考えると部屋の中だけで妙な体験をするっていうことの説明がつかないから『自分が狂ったわけではなく、部屋がおかしい』っていう仮説を立てて、それを証明しようと」

大学で知り合った友人もいるようだったが、変な噂を立てられては敵わないので黙っていたとN君は話した。

「そんならまぁ、部屋で何かがあれば引っ越せばいいし、何もなければやっぱりNがおかしくなってるんだろうから、そん時は悪いけど親に連絡入れるぞって。俺の実家とは近所なので、昔から親御さん知ってるんで」

かくして、N君宅で一晩を過ごす事になったO君一行だったが、一晩を過ごすどころか日が暮れる前にギブアップした。

「せっかくメンツが集まったので皆で麻雀を始めたんですけど、物凄く寒いんですよ、そんでNに『冷房消してくれ』って言ったら『この部屋はそもそも寒いから最初から冷房なんて入れてない』って」

しかし外は真夏の炎天下、冷房も入れず締め切った室内が寒いわけがない。

「もうみんなガタガタ震えちゃって、唇を紫にして歯を鳴らしてる奴もいて」

光りもしなければ球も転がらず叫び声も聞こえなかったが、ものの数時間でO君たちが出した結論は「この部屋はヤバい」だった。

「どう考えてもマトモじゃないんですよ、外に出るとしっかり暑いのに、部屋に入った瞬間に明らかに体が冷たくなる。Nは『慣れた』って言うんです。気をしっかり持てばそこまで寒くは感じないとか、何か超人みたいなことを喋ってるんで『部屋もおかしいけどお前もやっぱりどうかと思うよ』って話して」

全員で引っ越しを進めたが、N君は「俺がおかしくなったんじゃないんなら大丈夫」と、O君たちの提案を却下した。

「確かにNは怖いとか助けてくれとか、そんなことは言ってなくて。ただただ『来てくれ』って言い続けてたんです。奴にとっては自分の仮説が正しいかどうか確かめられればそれでよかったようです」

結局、N君はその部屋に住み続けた。

「あれからもう七年は経ちますけど今も住んでます。時々会ったりもしますが、パッと見には普通なんですけど『俺以外には誰も住めないだろうから』とか言って、満足そうにしてるんですよ。おかしいとは思うんですが、普通に働いているし……。もっとハッキリ異常なんであればもう少しやり様はあるんですけどね……」

ずる休みのおばさん

I君は中高生の頃によくズル休みをしていた。

母子家庭だったため日中は母親が仕事に出ており、自宅で一人好きに過ごせた。

「適当に具合悪いとか言って休む時もあれば、朝だけ学校に行ってお昼前に帰って来たりだとか、結構好き勝手やってましたね」

怪しまれなかったのかと問うと、面白い答えが返って来た。

「一応病院には行くんですよ、近所の爺ちゃん先生がやってる内科で『腹痛い』とか『頭痛い』とか言うと点滴してくれて。全部嘘なのはわかってたと思うんですが、多分勝手に色々と気を使ってくれてたんだと思うんです」

老医はいつも同じ点滴をしてくれたそうだ。

「俺が学校でいじめられてるとか思ってたんじゃないかな、だからわかってて逃げ場になってくれてたというか。まぁ別にいじめられてないんですけど、馴染《なじ》めないなってのは思ってたんでありがたかったですね」

病院に行って点滴を受けたと言えば、学校も母親も納得した。

「病弱な人間だと思われていたようで、かえって気を使って貰ったりして。世の中は良い人が多いですから」

そんなズル休みの日に、必ず彼のもとにやってくるオバサンがいた。

「何か売り物を持ってて『お母さんいるかしら』って来るんだ。居ませんって言うとすぐに帰るのね、面倒だからそのうち居留守使うようになったんだけど」

オバサンの来訪は中学、高校と続く。

「うちの近辺を自分の持ち場にしてるのかなって思ってたんですよね、ルート営業っていうか、販売っていうかそういうことを続けているのかなって」

高校卒業後、専門学校へ進学するために上京したがサボり癖は抜けなかった。

「そんでまぁ、昼間に学校に行かないで寝てると、来るんですよ『お母さんいるかしら』って。なんでここに来るんだよと、やっぱり居留守を使ってやり過ごしてたんですけど……」

ある日、彼女と共に学校をさぼって自宅でゴロゴロしていると、インターフォンが鳴った。

「またきたぞと思って、せっかくだから彼女にも見せてみようと」

I君が覗くドアスコープの向こうには、確かにいつものオバサンがいる。

手招きして彼女を呼び「俺のストーカー」と耳打ちしてスコープを覗かせるが「何?」と妙な反応。

「その頃にはなんとなくわかってましたけどね、やっぱりそういうモノなんだなと」

そもそも彼女には、インターフォンの音すら聞こえていなかったという。

「冗談だよって、その場でも居留守使いました」

就職し、そうそうズル休みなどできなくなってからはオバサンを目撃することは少なくなった。

「俺以外には見えないわけだから、その実在を証明することはできないですけどね。俺自身は昔からの付き合いだし当たり前に認識しているんで、妄想とかそういうのだった方が逆に怖いですよ。だとしたら何でオバサンなんだよって思うから、その方が怖い。霊とか妖怪とかの方がまだマシですよ。家にあげるかどうかっていうと別ですけどね」

こっから

　B君の中学時代の教師の話。

「皆から嫌がられてる奴でした。『こっから』って俺らでは呼んでましたけど」

　アダ名の由来は、その教師の口癖であった。

「そうっすね、例えば『校庭十周走れ』みたいなのあるじゃないですか？　そん時に生徒は『そうなんだ』って思って走るわけですけど、いざ十週走り終わろうとする時に『はいこっから！　こっから頑張ってもう一周！』とかやられるんですよ。しかもそれが一周で終わらずに延々と続いたりするんですわ。こっちはそれなりにペース配分とか考えて走ってるんで、そんなんやられるとヘトヘトになるんです。でも奴はニヤニヤ笑いながら楽しそうにしてて」

指示に従わない場合には癇癪《かんしゃく》を起こしたように怒鳴《どな》ってきた。

「オタクっぽい雰囲気で、おめえどう考えても学生の頃に運動なんてしてねぇだろってい う見た目なもんで、尚更反感かってましたね」

嫌われる理由は他にも。

「ロリコンだろうなと。奴が気に入らないことがあると男子は蹴られるんですけど、女子は尻を叩かれるんです。しかもだいだい尻を叩かれる女子ってのが決まってて、その娘《こ》らはホント気持ち悪がってました」

冗談めかしてセクハラまがいの行為に走ることもあったそうだ。

「『こいつはヤバい』って思ったのが、奴の気に入ってた女子が腕を怪我した時に『ツバつけとけば治る、どれ』ってその腕を取って傷を舐めたのを見た時です、その娘は奴が顧問をしてた剣道部に入ってて、常日頃そんな目にあってたみたいで」

そんな『こっから』だったが、彼らが三年生になった時に教壇から姿を消した。

「他の先生からの評判も悪かったんで、最初のうちは『流石《さすが》に何か処分をくらったんじゃねえか』って皆で話してたんですけど、どうも病気だったようで」

しばらくして、癌《がん》だったらしいという話が聞こえて来た。

「奴がいなくなって皆安心してたんですけど、どういうつもりなのか一回病院から学校に来たことがあって、全校生徒の前で講和だか何だかっていうイベントを始めて」

『こっから』はその壇上で「私は皆の前に必ず戻ってきます、ここからの治療は苦しいものになると予想されますが、正にここからが勝負です、私はここから必ず立ち上がります、諦めません」というような話を涙を流しながら語った。

すっかり白けきった体育館で『こっから』の声は誰に届くでもなく空しく響く。

「死んだ時に、一応剣道部の生徒は義理で通夜には行ったようです」

しかしその後、亡くなったはずの『こっから』は再び学校に戻って来た。

校庭、体育館、教室、女子トイレと様々な場所で目撃されたという。

「死んでるくせに、この期に及んでまだ『こっから』とか思ってんじゃゃねぇのって」

B君自身も、当時不思議な体験をした。

「声だけですけど、ちょうど校庭を走ってた時に『ハイこっから！』って言われて、一緒に走ってた連中も聞こえたみたいで、皆で『怖《こ》えええええ』って盛り上がったりして」

噂は噂を呼び、次第にエスカレートしてくる。

「剣道部でセクハラ受けてた娘なんかはマジでビビってて、何があったのか授業中に泣き出したみたいです、それが原因でクラスがパニックっぽくなったって聞きました。それから、彼女は学校に来なくなって」

そして、事態は捻《ねじ》れた。

「誰が言いはじめたのか『こっからが学校にいるのなら、悪いことは全部奴の仕業だということにしよう』っていう遊びが始まったんです」

転んだのも、給食をこぼしたのも、雨が降ったのも、風邪をひいたのも、すべては『こっから』のせいであり、悪いことがあるたびに『こっから』に悪態をつくのがブームとなった。

「『こっから死ね、あ、死んでるか』っていうのが俺のモチネタでした」

それからは不思議と日を追うごとに『こっから』の目撃談は減っていった。

剣道部の彼女が再び登校して来たのは四十九日を過ぎてから。

その頃にはブームは完全に廃《すた》れてしまっており、学校は平穏を取り戻していた。

『こっからの死』は生徒たちの手によって消費し尽され、後には何も残らなかった。

「この前クラス会があったんですけど、俺が丁度いいタイミングで『こっから死ね』って言ったのに、誰も反応しませんでした『それ何だっけ？』って言う奴もいて」

今では、当時の生徒殆どに、きれいさっぱり忘れられてしまっている。

なんらかの罠

今から五年程前、大学を卒業したL氏は就職に合わせて上京することとなった。

会社の近くの物件は家賃が高すぎて借りられないため、多少遠くても交通アクセスの良さを重視して部屋探しを行い、某駅周辺に住むことに決めた。

「それでさ、その駅の近辺にある不動産屋で手ごろな値段の物件を探してもらったのよ」

ピックアップされたのは同じような家賃の部屋が五つ。生活していく上でのメリット、デメリットを勘案し、更にその中から二つの物件に絞り込んだ。

「不動産屋に車を出してもらって、それぞれの部屋の内見に行ってさ」

一軒目のマンションは大きな道路沿いにあり、部屋は二階で風呂トイレ別、間取りも広く、モニター付きのインターフォンまで付いていた。

「家賃の割には良い物件だと思った。ただどうしてもその部屋には馴染めない気がしてさ、部屋に入った瞬間に何だか肌寒く感じて、何が悪かったのか眩暈《めまい》まで起こしちゃった」

不動産屋はしきりにその部屋を勧めてきたが、L氏は判断を保留し、次の部屋に向かった。

「さっきの部屋と比べると、どうしても見劣りするなぁと」

一階の角部屋、ユニットバスで間取りも狭く、一応オートロック付ではあったがカメラ付きのインターフォンなどはなかった。

「だけど最初の部屋に住むぐらいならこっちだなって思ったんだ」

条件としては最初の部屋の方が圧倒的に優れており、不動産屋も「掘り出し物件なんですけどねぇ」と残念そうにしている。

気になったので聞いてみると、もちろん事故物件などではないという。

「なんだろうなぁ、気持ち悪いっていうのとも違うんだよ。余りにも俺の希望通りっていうか、その部屋に住むことが予《あらかじ》め決められてでもいるような、そんな感じがあったんだ。何かの罠に嵌《はま》ってしまうような……そう、危機感みたいなものを感じてた」

結局、好条件の一軒目を蹴って、二軒目の部屋に入居を決めた。

「良くも悪くもない部屋だったけど、まぁ自分の勘には従っておいた方が良いと思った」


東京での生活は順調に進んだが、数年後、実家の都合により田舎に帰ることになった。

「ちょうど引っ越しの日にさ、荷物もあったんでタクシーに乗って駅に向かってたら、その途中でパトカーが沢山《たくさん》停まっているのを見た」

それは、彼が最初に下見に行った例の物件の前だった。

「その時は何とも思わなかったけど、実家に戻って確認したらニュースになっててね」

そのマンションに住んで居た住人が殺人事件を起こしたという記事。

「その犯人ってのが俺と完全な同姓同名でさ、同じ年齢に同じ資格で同じ職業だった」

あの部屋に住んで居たのかどうかはわからない。

「でも、多分住んじゃってたんだと思うんだ、そこまで一致してて、あの部屋じゃないって方がおかしい気さえするよ」
やっぱり罠だったんだなぁ、とL氏は首を振った。

腹化《はらば》け

昭和三十年代後半のこと。

当時、Tさんは勤めていた工場の社員寮に住んでいた。

寮には同い年ぐらいの若者が十人程暮らしており、家族のような間柄。

そんな同僚の一人が子狸《こだぬき》を捕まえてきたという。

「山に行ったら一匹だけはぐれでだつってだな。小せくてコロコロしてで、めんこいんだ」

可愛らしさに負け、Tさんを含めた数人で飼うことにした。

「子っこの頃は部屋で飼ってでよ。随分懐いでで一緒に風呂に入ったりして」

しかし、生き物は成長してしまう。

「流石《さすが》にある程度大っきぐなってがらは部屋飼いは無理だった。だがら首輪つけて寮の庭に移したんだわ、犬みでぇに飼うべど思って」

人懐こいので直ぐに馴染《なじ》むだろうと考えていたが、予想は裏切られた。

「面倒見でた俺らにはものすごく懐っこいんだげんと、寮の他の連中には全然懐かねくてさ、興奮して噛むべどしたりすっから、評判悪くって」

特に、住み込みで働いていた寮母が強く拒否反応を示した。

「元々部屋で飼ってだ時っから小うるせぐ文句言ってきてだんだわ、もっとも母ちゃんみでえなもんだったがら、俺らも悪びれねえでハイハイつってだんだけどな」

日中は工場に仕事に出向くため、首輪を付けられた狸は寮の庭に繋がれたまま放置されることになる。留守を預かっている寮母にしてみれば、懐きもしない狸など気を付けなければならない厄介者でしかない。

「実際のどこさ、だんだんと俺らも手に余すようになってだんだよな。小せえ頃ど違ってやっぱり獣の風格が出でくっからさ、ナンボ懐いででも気後れするみでえな気持ちになるのよ、そごが犬だの猫だのど違うんだ」

そのうち、Tさんたちは庭に繋がれたタヌキを殆《ほとん》ど放置するようになった。

「仕事忙しくて構ってる時間ねがったっつーのもあんだけどよ、いづの間にか、まかないさん（寮母）が餌だのやってでけるようになってだんだわ、だったらいいがっつーあんべでよ」

気が付けば相手をしてやるものの、狸の存在は特別なものではなくなっていた。

「『そう言えば狸なんて居だな』なんて笑い話で出だりしてよ」

その晩、珍しく肉の入った鍋が出た。

「港の町だったがら、魚が飽ぎるくれぇ毎日のように出るわげ、だがら珍しいごともあるもんだつって皆喜んで食っててな」

鍋が空になった頃、寮母が「庭を見てみろ」と言う。

「狸がいねぇのさ」

同僚の一人がおどけた調子で「おいおい、まさが腹ん中が？」と叫ぶ。

「まかないさんがせっせせっせど狸に餌やってだのは、太らせで俺らに食わせるためだったんだ、おがしいどは思ってだげんとな」

なぜかその場は爆笑の渦に包まれたそうだ、拾って来た本人も、腹を抱えて笑っていた。

「さっきも語ったように、俺らも始末に困ってたどごではあったがら、丁度いいっちゃぁ丁度いがったんだわ。狸に悪《わり》ぃごどしたなっつーのも少しはあったげどな」

自分たちが十分に世話をしていなかった以上、寮母の行動を咎《とが》めるのも筋が違う。

「食っちまったもんは仕方ねえ、それでお終《しま》い――」

――っつーわげにもいがねがったんだな、これが。


翌日から、Tさんはあることに気付いていた。

「腹が減んねぇのよ、飯を食いでぇど思わねぇの」

それは同僚たちも同じで、皆が寮母が作った食事を残すようになった。

「若がったし、力仕事してるわげだがら腹が減らねぇなんつーのは考えられねぇのさ、だげど実際に食う気にならねぇ、俺だげでなぐ皆な。ほんのちょこっと食えば沢山《たくさん》って」

不思議なことに、食べなくても仕事は当たり前にこなせたという。

「腹痛《いて》ぇどがってごどもねくてよ、ただ下痢っぽくはなってだな、殆ど飯食ってなくてもクソは出るんだななんて語ってだの覚えでる」

そんな日々が一週間ほど続いた。

「まかないさんは青ぐなってでだ、俺らがあんまりにも飯食わねえもんで、自分の責任だど思ってでだんだべな、だげど俺らは健康そのものっつー具合で、水だげ飲んでれば仕事にも支障ねがったし、無理に食うどかえって具合《ぐえ》ぇ悪ぐなるし」

しかし、食べていない以上、やがてそれは体に出始める。

「あれ、おがしいなって思ったのは手足がやたらとむぐんでんのに気付いた時だな」

殆ど食事をとらなくなって二週間になろうとしていた。

「そっからはもうバッタバタ倒れでよ、仕事中に卒倒するみでえにぶっ倒れで動けねぐなんのさ、急にイビキかいで寝始めだりな」

Tさんもまた、例外ではなく。

「あれぇって思ったら意識ねぐなった、気付いだら病院よ」

部屋には見知った顔が勢ぞろい。

「栄養失調で皆入院、幸い死んだりした奴はいねがった」

狐につままれたようだ、と誰かが言い、この場合は狸だべ、と誰かが返す。

「だがらよ、狸だべなって。殺されで食われだ腹ん中で化げで出で、俺らの腹が化かされだんだべおんつって笑ったな」

その後、回復し、戻った寮に例の寮母はいなかった。

「そりゃな、俺らの生活の面倒見る立場の人間が、まどもに飯も食わせられねぇで栄養失調起こさせだなんつーのは問題だべ。実際は『狸食わせだ』だげでもな」

今でも当時の同僚と時々会うことがある。

「皆すっかり歳くってしまって、デブんなったのも多い。冗談で『狸でも食えや』っつーど今でも大笑いすんのさ」

ミラー

Sさんが小学生だった頃の話。

彼女が毎日通った通学路に「お化けミラー」と呼ばれるカーブミラーがあった。

「ミラーを覗くと自分の後ろに黒い影が映り、驚いて周囲を見回すも何もいない」との話が子供たちの間で代々伝えられていた内容で、同級生と一緒に登下校する際はキャーキャー騒ぎながらその前を走り抜けるのが恒例となっていた。

いわれとしては「ミラーが映している道路で死亡事故があり、その際に亡くなった人の霊が黒い影として見える」だとか「ミラーのある一帯は古戦場で、戦《いくさ》で死んでしまった人たちの霊が映っている」だとか所説あった。

その通学路を利用しない他地区の生徒にも知れ渡っていた程であるというから、かなり有名な怪談であったようだ。

子供とはいえ、Sさんはそんな話を頭から信じていたわけではなかった。

中には本気で怖がっている子供もいたので、表向きは自分自身もそれに合わせていたが、内心楽しんですらいたそうだ。そのため「試しにミラーを覗いてみよう」という提案が同級生の男子からなされたときも、面白そうだと思った。

「でもね、ミラーは子供が覗き込むには高すぎて普通に立っているだけでは届かないの」

どうしようかと皆で考え「全員が並んでミラーに映ってみる」という妥協案が提示された。

そのためにはミラーから少し離れた場所に立つ必要があり、Sさんたちは車の往来が無くなったのを見計らって車道に飛び出した。

いつ車がやってくるかというドキドキと、もしミラーに何か映ったらというドキドキ。

子供同士で手軽に味わえるスリルの中では上等な部類と言えた。

嫌がるのを無理に誘われ俯《うつむ》いている子供、車がやって来る方向を気にしている子供、ゲラゲラ笑いながら小突き合っている子供。ミラーに映し出されるそんな様子を、Sさんはしっかりと見つめる。

結果、鏡に黒い影は現れなかった。

「でも女の人が来てね、鏡に映っている私の同級生を一人連れて行っちゃった」

背の高い、青い服を着た髪の長い女性が、ミラーの端からスッと現れ、鏡に映る子供の一人を抱きかかえると反対側の端に消えた。そのあまりにスムーズな動きに、何が起こったのかと呆気にとられた彼女は、気が付けば車道に取り残されていた。

車が走って来るのに気付いた他の子供たちは既に歩道に戻っている。

見れば「連れて行かれた子供」も車道からSさんに声を掛け手招きしていた
「驚いちゃって、本当に連れて行かれたのかと思ったから」

連れ去られたのはあくまで「鏡の世界での話」であり、現実には何事も起こっていない。

他の子供たちは何も見えなかったのか、楽しそうにふざけ合っている。

「どういうことなのかなと、鏡ってそういうものなの？　って、不思議だった」

気のせいではなかったとSさんは言う、確かに連れて行かれた、ただし鏡の中で。

「それで、その年のうちに連れて行かれた子が亡くなっちゃったんだ」

鏡の件との因果関係はわからない、わからないが死んでしまったという。

現実の世界では死んでしまったその子が、鏡の世界でどうなったかは知る由もない。

家が建ってる

Cさんの家は県道沿いにあり、ほんの数年前まで昼夜を問わずひっきりなしに車が行きかっていた。しかし現在は静かなもので、一日のうちでも数える程しか車が通らない。

「うちの裏の山にトンネルが掘られて、新しい路《みち》ができたんです。だからうちの前にあるのは旧県道ってことになって、道幅も狭いですから殆ど利用されなくなりました」

幼い頃から当たり前に接していた喧噪がまったくなくなったことで、Cさんはまるで別な土地に引っ越して来たような違和感を持つことがままあるという。

「私にしてみてもそんな具合なので、もっと昔から住んでる父などは、おかしなことまで言うようになっちゃって」

現在、父親と二人暮らしだという彼女は街の中心部にある職場で働いている。

「父も同じで、家には私よりも少し遅く帰って来るんですね。ふたりとも車で通勤しているので、大体いつも二十時過ぎに誰も走っていない『旧県道』を通ることになります」

その日、帰って来た父が「あそこに家なんて建ってたか?」とCさんに言った。

「家から五分くらい歩いた場所なんですけど、新築の家が建ってるよって」

同じ道をついさっき通ったばかりのCさんは気付かなかった、そもそもそんな場所に家を建てているのなら、もっと早い段階で見聞きしていてもおかしくない。

「私は気付かなかったって言ったんです」

父は「そうか」と首を捻《ひね》った。


次の日、父が夕べ語っていた辺りを通り過ぎたが、いつも通りなにもない山野だった。

「やっぱり家なんて建ってないじゃない、って」

その日の夜、父にそのことを伝えると「ああ、俺も今日見たら何もなかった。見間違いだったんだろう」と釈明した。

しかし、更に次の日の夜。

「やっぱり家が建ってるって言うんです、つい昨日確認したばかりなんだし、父が言っている場所以外にも旧道沿いに新築の家なんて無かったですから何を言っているんだろうと」

父は興奮した様子で「すぐそこだから一緒に見て来よう」とCさんを誘った。

「こっちは疲れてますから、どういうつもりなのか知らないけど父のシャレに付き合う気はなくって『じゃあ明日も建ってたら携帯で写真撮って来て』と言って流して」

父自身も「わかった」とは言うものの「でもおかしいよなぁ」と腑《ふ》に落ちてはいない様子。

翌朝、一応確認してみるもやはり家などなかった。

「認知症の始まりとかだったら嫌だなぁって」

若年性の認知症に関する映画を見たばかりだった彼女は、内心ではかなり心配を募らせていたそうだ。

そしてその夜、帰るなり父が「写真に撮って来た！」とCさんに駆け寄って来た。

「嬉しそうに電話を掲げながら『見てみろ』と」

彼は興奮冷めやらぬといった様子で、Cさんに写真を見せようとチカチカ電話を弄《いじく》っていたが、突然「なんだこりゃ」と叫んだ。

携帯のディスプレイには、ピンボケの写真。

「笑っている女の人が写っていました、ボケちゃってるのがすごく不気味で」

父は「あれ？　あれ？」と言いながら他の写真のフォルダを漁《あさ》っているようだったが、やがてあきらめたようで「なんかわけわからんな」とCさんに呟いた。

「わけわかんないのはこっちなんですけどね。家なんて写ってなかったし……ただ夜間の撮影とはいえ、車のライトで照らされた背景は確かにうちの近所なんですよ、だったらその女の人はなんなのって思って」

父は「こんな人は居なかった、気味が悪い」と言い、写真を消去してしまった。

「それで最近、その場所に本当に家が建ったんです」

自分が見た家に似てなくもない、とは彼女の父の弁。

後日、品の良さそうな夫婦が挨拶に来た。

「それで父と『家はまぁいいとして、あの女は何だったんだろう』って——未だに謎なんです」

お守らず

もともとは、Sさんの祖父の持ち物だったそうだ。

「肌身離さず持ってだな、戦地から帰って来れだのもこれのお陰だつって」

わざわざ専用に設《しつら》えたという紫色の綺麗なお守り袋。

「中には木の札が入ってる、もう色々染みでで何が書いてあんのがはわがらんげども」

祖父は「これは祖父《じい》ちゃんの一番大事なモノ」と言って、Sさんにそのお守りを渡した晩に脳溢血《のういっけつ》で倒れ、亡くなった。

「だがらまぁ、形見でもあんだよな、祖父さんの」

若い頃は、Sさんもこの〝お守り〟を肌身離さず身に着けていた。

「俺はまぁ、ネックレスだのチャラチャラっついの着けで歩く性質《たち》でねがったがら、代わりにコイヅ首がらぶら下げでよ、そんなのが格好良がった時代もあったのさ」

しかし、このお守りはSさんをまったく守らなかった。

「俺が車に撥ねらった時も、工場の機械で指を潰した時も、この守り袋の野郎、逃げでよ」

首からぶら下げていたハズの袋は、事故の直後には必ずどこかに消えてしまう。

「だれぇ痛《いて》ぇっちゃ？　怪我した直後なんてさ、だがら『助けでけろ』つって胸の辺りまさぐんだげんと、どごさも無ぇのさ」

そのまま暫く行方をくらまし、状況が粗方《あらかた》落ち着いた頃にひょっこり姿を現した。

「いづの間にが枕元に転がってんだわ、なんだコイヅど思ってよぁ、ごせっぱらやげだっちゃ（頭に来た）、さっぱり当でになんねぇなど」

しかし、祖父の形見である以上、捨ててしまうのは気が咎めた。

「仕方ねぇ、次ごそは頼むぞつって、まだ首がらぶら下げで」

その後もたびたび大事な局面でお守りは行方をくらました。

「さっぱり『お守らず』でよ、何ともねぇような時だげちゃっかり首さぶら下がりやがって、調子いい札だなど思ってだんだ」

そんなお守りが、たった一度だけ活躍したことがあった。

何度か浮き沈みも経験し、それなりに金回りも良かった三十代の後半、Sさんは女性に騙され、財産を一気に失う程のダメージを負った。

「若《わ》げがったがらな、金のごどよりも騙されだごど自体許せねがったのよ。挙句、他の男どくっ付いでるなんて話聞いだもんだがら、もう殺すしかねぇなど」

大ぶりの鉈《なた》を背負い、女性が住んでいるという家へ向かう、夜更け。

「男も一緒なら尚更いいど思ってだな、割ってやるべど」

その道すがら、Sさんの胸の辺りが突然弾けた。

「俺はピストルで撃たれだのがど思ったわ、相手の男はヤクザ者だったがら」

胸元をまさぐると、首からぶら下げた守り袋が破け、中から札が飛び出している。

「綺麗に真ん中がら二つに割れったたわ、それ見だっけスッと落ち着いてな」

溢れる涙を堪えながら、来た道を引き返した。

「あん時が初めてでじゃねぇがな、泣いだのなんざ」

その後、お守りは逃げも隠れもしなくなった。

「効いでんのが効いでねぇのがもわがんねぇ、ただまぁ命っつーよりも人生ば守ってもらったがらよ。齢《とし》取って、後は死ぬばかりの俺にはもう必要ねぇのがもな」

二つに割れたお守りは、二人の孫にそれぞれ渡すつもりだという。

実際に居る

Mちゃんが大学でフィールドワークを行っていた時の話。

「料理、特に漬物や保存食なんかの調査をしていたんです」

研究を十分なものにするため足繁くその土地に通い、地元の人々との交流を深めながら、調査を進めていく。

「同じ土地の同じ料理でも、それぞれのご家庭によって味付けや食べ方が微妙に違うんですね。なので例えば何年前からその集落に住むようになったのかとか、元々はどこの生まれで、以前はどこに住んでいたとかを聞き取って、食文化の変容の流れを人的な交流の観点から論じられればと考えて」

そんな中で特に彼女の調査に協力的だったお婆さんがいた。

「一人暮らしで、集落で暮らし始めたのは戦後しばらくたってから。その土地の人間としては比較的新しく住み始めた方でした」

息子さんを早くに亡くし、旦那さんは数年前に他界、娘は近県に嫁入りし年に数回帰って来る程度。

寂しさを紛《まぎ》らわせたかったのか、彼女はMちゃんが現れると非常に喜んだ。

「調査の過程で色々と個人史を伺うので親身な関係になりやすいんです。研究のためとはいえ、あくまでベースは信頼関係ですから」

初秋の頃、集落の祭りごとがあった日、その場で供される料理を熱心に吟味しているうちに気付けば随分と時間が過ぎていた。

「もう日暮れで、次の日も続けて催しがありましたから、一旦帰るのも面倒になっちゃって、車にでも泊まってしまおうかと考えていました」

風呂ぐらいには入りたいなと思いつつ車に荷物を積んでいると「泊っていったら」と勧めてくれたのは例のお婆さん。

「恥ずかしい話ですけど、なんとなく声を掛けてくれるんじゃないかと期待していたところもあって、ありがたく泊めて頂くことにしたんです」

昔ながらの古い家屋は、老人の一人暮らしには広すぎるように感じた。

風呂と夕飯を世話になり、くつろいでいた彼女に「おやすみ、また明日」と声をかけると、老婆は早々に床に就いた。

「お年寄りですから、夜更かしはしないんだなと。あるいは気を使ってくれていたのかも知れないですけれど」

机がある部屋の方がいいだろうということで、彼女の寝床が当てがわれたのは、亡くなった息子さんの部屋だった。

「高校生の頃に病気でってことでした。その時点でもう三十年ぐらいは経っていたんですが、まだ当時の面影が残ったままの部屋で」

部屋に残された木製の机には、鉛筆で書かれた落書きまであった。

「消せなかったんだろうなぁと思うと、切なくなっちゃって」

せっかくの計らいだったが、机は使用せず、Mちゃんも早めに布団に潜りこんだ。

「できれば朝イチで起きて、次の日の準備の段階から見ておきたかったので」
その日の疲れもあり、間もなく眠りに落ちた。

どれぐらい経っただろうか、異常に肌寒い事に気付く。
何か冷たいものが、彼女の体、左側面に触れている。
当初は、布団の横に置いていた自分のバッグだと思った。
しかし、それにしては肩からふくらはぎにかけ広範囲に冷んやりとする。
バッグはそこまで大きくない。
すると、これは？
まさぐる指先に触れるのはしっとりと肌に吸い付くような感触。
そこに紙やすりのようなザラザラした手触りが続く。
——ヒゲ？
飛び起き、電気を点けようとするも蛍光灯から垂れているはずの紐を見つけられない。
そのまま片引きの襖《ふすま》を開け、部屋の外に飛び出るが屋内は真っ暗。

ようやく探し当てた廊下の電灯のスイッチを入れ、うっすらと照らし出された室内を覗き込むも、そこには誰もおらず、自分のそそっかしさを笑う。

部屋に戻って蛍光灯を点けたがしかし、布団に戻る気にはなれなかった。

「布団の中のあの感触がやっぱり生々しくて」

お婆さんには悪かったが、襖は開けたまま、廊下の電灯も点けたまま、部屋の蛍光灯も消さずに朝を迎えた。

「結局、外が明るくなってきた頃に少しウトウトしたぐらいで殆ど眠れませんでした」


公共のスピーカーから六時を告げる音楽が流れた後、Mちゃんが茶の間に向かうと、既に朝食の準備に取り掛かっているお婆さんの姿があった。

テーブルには二人分の朝食と、子供用の小さめの茶碗に盛られた飯と味噌汁が二対。

「これは、おとうさんと息子の分。みんなまだ家に居る気がしてね」と、笑顔を向けられたMちゃんは「きっと居ると思いますよ」と返した。

「皮肉じゃないですよ、お婆ちゃんが寂しくないんだったらそれがいいなと」

その後も何度か宿泊を進められたが〝タイミングが合わなかった〟とのことで、以降、泊めてもらうことはなかったそうだ。

その日のつかれ

朝、会社に向かっていたJ君は、目の前で女性が地面に倒れ込むのを見た。

「ええ？　って、よく考えもしないで駆け寄ったんです」

女性の顔面は蒼白で、いくら呼びかけても何の反応もない。

とっさに手首をとって確認するが、脈も触れない。

呼吸も止まっているようだったため、このままではダメだと感じ、心臓マッサージを試みようと仰向けにした。

「以前、会社でAEDの講習を受けた時のことを思い出してました。でも実際に心臓マッサージなんてしたことがないので、思いっきり躊躇《ちゅうちょ》しちゃって」

その場に駆け付けた人が「救急車を呼んだから！」とJ君に叫ぶ。

「周りには何人か人が集まってくれてたんですけど、私以外に直接その女性に触れようとする人はいなくって……」

救急車を呼んだという中年の男が「心臓マッサージ！　心臓マッサージ！」と怒鳴《どな》っている。

「じゃあアンタがやれよって思いつつ、もうその場から逃げられる雰囲気でもなく……」

聞きかじりの知識ではあったが、仕方なく心臓マッサージを開始した。

「講習会では『AEDが来るまで、何があっても心臓マッサージは止めないでください』って言われてたんで、必死で心臓の辺りを何度も押してたんですが……」

胸の上で重ねた手の平に鈍い感触が伝わって来た。

――肋骨が、折れているのではないか？

「そうは思っても今さら止めるわけにはいかないし……」

女性は蒼白を通り越して土気色の顔色になっており、果たしてマッサージが有効であるのかどうか判断すらつかない。

「それで、気道確保っていうんですかね、それしなきゃダメだったって思って」

――顎《あご》上げて！


叫んだJ君の剣幕に圧されたのか、誰かがグッと女性の顎を上に向けた。

「これでいいのかどうか焦りながら、本当に怖かったです」

全身が汗だくになるまでマッサージを続けた頃、救急車が到着。

状況を見た救急隊員の行動は素早く、女性はすぐに救急車内に収容された。

「救急の人に状況を聞かれたんで、私と他何人かで説明をして」

話を聞き終えた隊員は感心したような表情で「ご苦労様でした！」と声を掛けてくれた。

「それ聞いてホッとして、一気に脱力しました」

しかし、その日は仕事にならなかった。

「朝の一件で一日の力を全部使い果たしたような具合で、疲れちゃって」


夕方、勤務を終えての帰り道。

「外食も自炊もする気が起きなかったので、スーパーに寄って惣菜《そうざい》でも買って帰ろうと」

いつも利用する近所のスーパーで総菜を物色していると、後方から子供の声が聞こえた。

――お母さん！　お母さん！

あまり賢そうではない声で母親を呼んでいる。

「声を聞きながら日常のありがたみを痛感してました。私にとっては朝の出来事があまりにも現実離れしてたんで、そんな子供の声がやけに沁みて」

――お母さん！　ねぇお母さん！

「きっと何かねだろうとしてるんだろうなと、頑張れ頑張れと」

振り返ると、その子供がＪ君を指さしている。

――お母さんアレ！　女の人死んでる！

そう叫ぶや否や、母親に思い切り頭を叩かれた子供が泣き出す。

母親は、申し訳なさそうにＪ君に会釈すると、レジに流れて行った。

「そういえば、あの女の人は助かったんだろうかって……」

手にした総菜を棚に戻し、その日は家に帰って直ぐに寝たそうだ。

迎えにこられる

Fさんは専門学校時代に寮住まいをしていた。

「女子寮なんですけど、入ってから直ぐに『ここは出るからね』って先輩に聞かされて」

もちろん『出る』のは幽霊。

「お風呂場とかトイレはもちろん、寮の中全体に目撃談がありました」

入浴中に足だけが目の前を通り過ぎたり、トイレの鍵が勝手に開いたり。

「トイレもお風呂も共同だったので、複数人が同時に同じものを見るっていうことも多かったですね」

大小様々な幽霊目撃談がある中で、特に印象的だった出来事を話してもらった。

「入ってまだ三か月ぐらいしか経ってなかった頃なんですが、同期の娘の様子がおかしくなっていったんですね」

その『同期の娘』は、もともと明るい性格で、Fさんいわく「ぶっ飛んでて楽しい娘」だったそうだ。そんな娘が、見るからに元気を無くしていった。

「ボーっとすることが多くなって、部屋からもあまり出て来なくなっちゃって。授業にも顔を出さない日が増えて来たんです」

気にはなっていたものの、まだそこまで深い付き合いがあるわけでもなく、どういう風に関わっていったらいいのか、そもそも関わるべきなのかどうか悩んだ。

「それこそ、単にホームシックだったりとか、恋の悩みとか、そういう感じだったらもっと気軽に元気づけてあげたりできたんだと思うんです、だけどどうもそういう感じじゃなかったんですよね」

元気を無くしていった彼女（以降Tさんとする）は、顔を合わせる度に「呼ばれている気がするんだ」と繰り返した。

「経緯もわからないし、何に『呼ばれている』のか、そんなこと突然言われてもって感じで、この娘はホントどうしちゃったんだろって」

Tさんは、いわゆる不思議ちゃんタイプではなく、どちらかと言えば派手目なギャル系。

「『呼ばれてる呼ばれてる』って、言う割に、誰に呼ばれているのか、何のことなのかっていうこっちの質問には答えてくれないんです。まぁ一応、答えてくれようとはするんですけど『わかんない』って。冗談を言っている風では全然なくって、何かすごく苦しそうなんですよね。それで——」

Tさんは時々、夜中に出かけようとした。

「門限があるので、ある時間になると入口はロックされちゃうんです。でもそんなのお構いなしに出て行こうとするのを管理人さんに見つかっちゃって注意を受けていたみたいです」

正規の手続きを踏めば夜間の外出も可能であるのだが、Tさんはそれすらせずフラリと出て行こうとしていたらしい。

「管理人さんが『どこ行くの?』って聞いても『わかんないんです』って、そんな調子だったようで、ちょっと騒ぎになりかけちゃったりもして」

その日は日曜日で、Fさんはちょうど寮の庭にいた。

「Tちゃんがフラフラ出てきたので、声を掛けたんですね」

すると彼女は「呼ばれてる方に行ってみる」と言い残し、一人で寮の外へトボトボと歩いて行った。

「休日の昼間でしたから、どう過ごすかは自由なんですけどね……ちゃんと帰ってくればいいなって」

Tさんが寮に戻って来たのは夕方。

それとなく気にしていたFさんは、彼女に声をかけた。

「『どこまで行ってきたの?』って聞いたら『○○墓地まで』って」

〝○○墓地〟は外国人墓地であり、その近辺では有名な心霊スポットだった。

「遊び半分で行ったら祟られたとか、酷い事故に遭ったとか、私も色々噂は聞いていました」

Tさんの弁では「呼ばれている方に向かって歩いていったら○○墓地の入口に辿り着

いたが、昼間と言えど流石《さすが》に墓地の前まで行く気にはなれず入口で引き返してきた」とのこと。

「なんで○○墓地？　って思いました、気味が悪いなと」


それから数日後の夜半過ぎ。

「私は自分の部屋で寝てたんですけど、物凄い音が聞こえて飛び起きたんです」

鉄パイプでドラム缶を殴ってでもいるような音だった。

「なになに⁉　って思って、恐る恐る部屋のドアを開けて」

すると、外には既に何人かの寮生がいた。

「皆びっくりして出て来たみたいで」

他の寮生も、騒ぎを聞きつけて次々と部屋から出てくる。

「音は階段の方からなんですよ、寮は三階建てだったんですけど、その音は階段をどんどん上がって行っているように聞こえました」

Fさんの部屋のある一階の殆どの寮生が外に出てきているようだった。

「管理人さんも女性の方でしたから慌ててましたね」

一応警備会社には通報済みだが、寮はいつも通り施錠されており、外部からの侵入者ではなさそうだという。

「誰ともなく階段を上がり始めたので、私もそれを追いかけました」

二階でも騒ぎになっており、一階と同様に何人もの寮生が顔を見合わせていた。

「それで、二階の人達も一緒に三階に上がって――」

――バシャン！

ひときわ大きな音が鳴り響いた。

「私達が三階に着いて直ぐでした、皆でビクッとなっちゃって」

音がした周辺では、やはり外に出ていた三階の寮生が震えている。

大きな音は、それが最後だった。

「幽霊とかそういうのには慣れっこだったはずの先輩たちですら怖がっていました」

一様に皆が見つめる先、大きな音がしたその場所はTさんの部屋。

ドアが半開きになっている。

「最初は管理人さんが駆け込んで」

Fさんを含めた何人かがそれに続いた。

「Tちゃんは窓際で丸くなって震えてました『迎えにきた迎えにきた』って言いながら」

顔面を蒼白にしてうわごとのように「迎えにきた」を繰り返す彼女は、明らかに正気を失っているように見えた。

すると今度は、部屋の入口の辺りから悲鳴。

「Tちゃんの部屋のドアなんですけど……」

内側の部分の塗装が変色し、それがまるで手形のようだった。

「人間の手の形なんですけど、どう見ても大きすぎるんですよ」

騒然とする状況にあって、さっきまで震えていたTさん本人は管理人に抱きかかえられ、眠ってしまっている。

「もしかしたら気を失ってたのかもしれません、あまりにも状況が目まぐるしかったので、私も正直なところ細かいところまでハッキリとは覚えていなくて」

間もなくしてやってきた警備会社の人間が寮内の安全確認をし、それなりに落ち着きを取り戻したのは夜が明け始めた頃だった。

「それがきっかけで、Tちゃんは退学しちゃったんです」

Tさんが「呼ばれた」という○○墓地と、その夜のできごととの因果関係や、その寮に怪異が多発する原因など、すべては不明だが「関係ないわけは無いと思います」とFさん。

数年前、北海道でのことだという。

綿、小便、引火

Y君は当時小学五年生、実家の近所にあった神社でのこと。

その日は神社のお祭りの日で、参道には出店が並んでいた。

小遣いを握りしめ、何を買おうか悩みながら夜の参道を行ったり来たりしていた彼は、不意に尿意を催し、人ごみから離れた場所で用を足すことにした。

ちょっと離れた暗がりまで移動している最中、足元に妙なモノが転がっているのに気付く。

「綿アメみたいなフワフワしたやつが草っぱらに倒れ込んでた」

〝倒れ込んでた〟という表現なのは、どうやらそのフワフワが生きているように見えたからだとY君は言う。暗がりの中でも不思議と姿をハッキリ捉えることができたそれは、静かに呼吸しているのか膨《ふく》らんだり萎《しぼ》んだりしている。

「パッと見ても犬や猫じゃないのはわかった、大きさはそのぐらいなんだけど顔はもちろん足も何も無くて、ただ単に楕円形《だえんけい》の綿みたいなモノなんだ」

なんだこれは、と興味をそそられた彼は自身の尿意も忘れその場にしゃがみ込んで観察を始めた。

「どこを見ても顔らしきものはない、目も鼻も無い。手足もやっぱりなくて、ただ見た目とは違ってずっしりと重いんだな、当時の俺の手では持ち上げられないぐらい重たくて裏返すのがやっとだった」

くるりと裏返されたその〝綿〟は、よく見てみると真ん中の辺りが歪んでいるようで、まるで車に轢かれでもしたように見えた。やはり膨らんだり縮んだりを繰り返しながら、その上、小声で何かブツブツ唱えている。

「多分『トウデゴザリス』って言ってた、何の事なのかはサッパリ」

動物の鳴き声などではなく、意味はわからないが人の言葉らしきを呟いている綿、目の前のその物体をどう扱ったものかY君は迷った。

「何なのかはわかんないけど、弱っているんだろうなって雰囲気だったから」

その様子に何故か加虐心を刺激され、小便をかけたそうだ。

「そしたらさっきまで白っぽく薄ぼんやりしてたのが、だんだんと暗くなっていって、大きさも一回り小さくなった」

耳を澄ましてみるが、もう何事も呟いていない。

——死んだのかな？

そう思い、小さくなったそれを足でつついていると、突然〝パン！〟と何かが弾けるような音がした。音の方を振り返ると境内の方が騒がしい。

走って向かった先では、神主が地面を転げ回っている。

「焚いてた篝火《かがりび》が突然弾けて、服に引火したって」

付近に大勢の人がいたことが幸いし、すぐさま水を被せられた神主は大事には至らなかったようだ。

その後、再びさっきの暗がりに戻ってみたが、例の綿を見つけることはできなかった。

自動販売機殺し

現在四十代後半のTさんは、中学生の頃に荒れていたという。

「今となっては何が気に入らなかったんだかわかんない。でもまぁそういう時期ってあるじゃない？　何でもかんでも無駄に腹が立っちゃう時期がさ」

先輩後輩合わせて十数人といつも徒党を組み、万引き、カツアゲ、喧嘩、窃盗、様々な犯罪を繰り返していた。

「当時は結構甘かったんだよ、悪さがバレても先生だの大人に何発かぶん殴られて終わりっていうのがパターン。今みたいにヤレ裁判だ逮捕だ、って大事にはならなかった」

しかし補導はよくされた。

「でも何回も会ってるうちに、おまわりとも仲良くなって」

大目に見るではないが、彼らは「仕方ねえ馬鹿ども」という扱いを受け、怒られていたのはむしろTさんの両親であったらしい。

「子の責任は親の責任っつー具合」

父親はそんな彼をよく殴りはしたが、母親は何も言わなかった。

「親父は親父で、殴ってればそれでいいっていうタイプだったから、言葉で諭されたなんて経験はないね、だからまぁこっちも『殴られたんだからいいだろ』って」

殴られることに耐えれば、それは許されたことになるというのがTさんの判断だった。


さて、そんな彼の家の近所に一台の自動販売機があった。

「ちょうどポツンと立ってて、それまでも蹴っ飛ばして釣銭盗んだりはしてたんだけど」

自販機は、近所に住む大きな家の住人が管理していたらしい。

「今の自動販売機と違ってさ、造りがチャチイんだよ。ペロペロした薄《う》っすいトタンみたいなのでできてて、売ってるジュースの種類も少ないから軽くてさ」

毎日その自販機の前を通るたびに、盗めないものか考えていた。

「そんで、七、八人いればいけんじゃねえかなと思って」

深夜、仲間を集めて自販機を持ち上げ、目星をつけていた雑木林に運び込んだ。

「今なら自動で通報されたりするんだろうけど、そん時はチョロかったな」

十人程の中学生に囲まれ、雑木林に無造作に転がされている自動販売機。

それは懐中電灯で照らされるなか、バールや金槌《かなづち》などで滅多《めった》打《う》ちにされた。

やがて、無残にも腹を開けられた自販機は、その中にため込んでいた小銭を抜かれ、ジュースを飲まれ、終《しま》いには小便をかけられ放置された。

「まるで人殺しの現場みたいでさ、何でかゾッとしたよ」

自分で音頭を取っておきながら、Tさんは金にもジュースにも手を出さなかった。

「どうせ小銭だし、ジュースは別に買えばいいし」


当然の如く、次の日には騒ぎになった。

「犯行の現場を見られたわけじゃなくても、俺がやったんだろっていう流れになって」

それまでの行いを知っている近所の人間は、それとなく彼の父親に話をしていた。

父親は有無を言わさずTさんを殴り倒し「どうせコイツがやったんだろう」と自供もないままに彼の犯行を特定、持ち主に謝罪してくるよう母親に告げた。

「まぁ俺がやったんだけど、決めつけられたから頭に来てさ」

無罪を主張するTさんだったが、誰一人それに耳を傾けなかった。

「家に居るのも嫌だったから、何日か友達の家を渡り歩いて過ごしてたよ」

泊まる当てがないときは、一人夜中にウロついて学校の倉庫で寝たりもした。


数日後、雨が降って来たのを機にTさんは家に帰ることにした。

盗んだ傘を差しフラフラと夜道を歩き、間もなく実家が見えてくる頃。

ブーンという低い音が聞こえた。

顔を上げると、音のする方には自販機が立っている。

「うちで弁償したらしいから、新しいのが来たのかなと思って」

蹴っ飛ばそうと近寄ると、どうも様子がおかしい。

「もうぶっ壊れてんだよね、何でこんなもん立ててるんだろと」

電気が通じているのかどうかは不明だったが、低く、うなるような低音が響いてくる。

「そんで、あれ、これ俺らがぶっこわした自販機じゃないのって」

破壊され具合に見覚えがあった。

不意に、雑木林での出来事が思い出される。

妙にゾッとしたあの感覚。

それは、あの夜にこじ開けられたままの姿でそこに立っている。

「なんだかフラついて、自販機の腹に頭から突っ込んだところまでは覚えてる」

気付いたのは次の日の朝。

彼は例の雑木林の中でびしょ濡れのまま眠り込んでいた。

隣に倒れているのは、死んだ自販機。

「頭が痛くてさ、その場で吐いた」

何やら視線を感じて振りむくと、藪の向こうに古い墓らしきものがいくつかと、石仏が見えた。

「あるのは知ってたけど、あんなに睨《にら》まれたように感じたのは初めてだった、あの時ゾッとしたのも、あれの仕業だったんだなって」

その後、何日か高熱にうなされたと彼は言う。

後年、Tさんは、雑木林もあの墓石も、自販機を管理していた家の所有物であることを知ったそうだ。

「そんで、何の因果か今は、その家が経営している会社に雇われてると」

薄給を得るために、身を削るような毎日だと彼は笑った。

ややこしい罰

D君には幼い頃から仲の良い友人が八人いる。

既にそれぞれが家庭を持ち、彼を含めた数人は地元を離れて暮らしているが、毎年一回は皆で集まって、近況を報告し合う間柄。

「その時は、子供がもう小学校に上がるよっていう奴もいて『俺らも歳食ったよな』なんて言い合ってたんだ。そんで〝もう話してもいいかな〟と思って」

D君は、その場に集まっている〝誰か〟に対する疑惑を、ずっと胸に秘めていた。

「小学校六年生の時にさ、俺らのクラスで同級生の弁当が隠されるっていう出来事があったんだ。それも一回や二回じゃなくて七回も。弁当を隠される生徒は一回ごとに違っていたんだけど、随分問題になってね」

彼らの学年は一クラス四二人編成であり、今集まっている八人も同じクラスに居て、当時から仲良く付き合っていた。

「いじめがある学級じゃなかったんだよ、小さい学校だったし」

転入や転校による増減はあったものの、一年生のころからずっと同じメンバーで構成されたクラスであったため、それなりにまとまっていたはずだと彼は言う。

「ちょっとややこしいんだけどね『学校に弁当を隠してた』のは実は俺なんだ。だけど『弁当を盗んだ』のは俺じゃない、俺は地蔵の前でそれを見つけて隠しなおしてただけ」


本当にかなり入り組んだ話なので、一旦ここで状況を説明する。

当時、彼らの学校では給食の提供はおかずのみであり、主食となるご飯は各自で持参することになっていた。そのご飯を〝弁当〟と呼んでいる。

また、その頃に彼らが繰り返していた遊びで〝地蔵殴り〟というものがあった。

これは、缶蹴りを模したゲームで、要するに缶蹴りの缶にあたる役を地蔵が担っており、缶を踏む代わりに地蔵を蹴ったり叩いたりすることで進行していく。

そもそもその地蔵は、学校にほど近い広場に隣接する雑木林に埋もれていて、八人が泥だらけで横たわっていたのを掘り起こし、綺麗に洗って広場の隅に隠していたらしい。

それがなぜ蹴られたり叩かれたりするようになったのかは不明だが、恐らくその場のノリだったのではないかとのこと。そしてD君は休み時間や放課後などに、この地蔵の前に〝弁当が置かれている〟のを発見し、それをこっそり回収、学校に持って帰ると、わざわざ見つかりやすい所にそれを隠しなおしていたのだという。


「毎回俺が発見してた。最初は偶然だったんだけど、二回目以降は騒ぎになった後で〝もしかしたら〟と思って確認に行って、そしたら案の定ってわけ」

そこに「地蔵がある」のを知っているのは彼を含めた八人だけであり、わざわざその場所を選んでいることを考えると、自分以外の誰かが犯人である可能性が高い。そう思ったD君は、ある意味で仲間の犯行を隠蔽《いんぺい》するため〝弁当の隠しなおし〟をしていた。

「本当に、当時は大問題で、先生主導の犯人探しもあって、バレたらただじゃ済まないっていう雰囲気が凄くてね。俺は仲間の誰かがそれをしているって思ってたから……」

D君がそこで弁当を放っておけば、彼以外の別な仲間がそれを発見し先生に報告をする可能性もあった。そうなった場合、犯人は四十二人のクラスメイトの中から最低でも七人以下に絞り込まれてしまう。となれば、仲間のうちの誰かが完全に黒だと証明されるまで時間はかからないだろう。

「今になれば子供の浅知恵っつか、間違った正義感だったたってのは自覚してるけど、あの頃は俺も必死だったんだよ、これがバレれば仲の良い誰かは学校にいられなくなると思って、どうすればそれを回避できるのか考えて」

彼にできるのは「容疑者が絞り込まれる可能性を排除し、最後までうやむやのまま犯人が特定されないよう事件の終息を待つ」ことだけだった。

「それに〝完全に無くなった〟よりも〝隠されたけど見つかった〟方が罪が軽くなるんじゃないかと思って、だからワザと見つかりやすい場所に隠した」

だが彼の思いはどうあれ、そうなれば状況的に彼自身も「犯人の一人」であるということになってしまう。

「そう、最初はそんなこと考えてなかったんだけど、もし学校に隠していることがバレれば、客観的に見て俺が犯人ってことになるよなって。馬鹿だからそれに気づいたのは何回か隠した後だった。でも、俺がそれを続けないと、言ったように今度は誰か別の仲間が見つけてしまうでしょ？　それでもし犯人が特定された時に、今度はじゃあ何で弁当が学校にあったのかってことになるじゃない？」

一度手を染めてしまえば、もう戻れない。D君は地蔵の前に置かれた弁当のすべてを発見し、学校へ隠すのを繰り返した。

「だからかなりしんどかったよあの時期。今ではこうして話せるけど、中学卒業するぐらいまでずっと気に病んでたぐらいだもの、誰にも話せなくて」

結果的に、D君の狙い通り犯人は特定されず、弁当隠し事件はうやむやなまま終わった。

「でももういいよねって、それぞれ大人になって子供も小学生だって言うし、だったらもう喋ってしまってスッキリしようぜと」

話題を切り出したD君だったが、一気にその場は沈黙した。

「誰か一人が名乗り出てくれればそれで終わる話、だからといって今さら関係がおかしくなるような付き合いでもないから、酒も入ってたし気軽に話をフッたんだ。思い出のネタバレみたいなつもりで、結構盛り上がるんじゃないかとすら考えてた」

彼の思いに反し、誰も口を開かない。

「仕方ないから説明したんだよ、実は俺が地蔵の前から弁当を学校に持って帰ってたって」

すると、残りの七人が驚いたような顔で一斉にD君を見た。

「そっからは予想外の展開で」

全員が犯人だった。

「これもまたややこしいんだけどね、同一犯の連続犯行じゃなくて、それぞれ一人ずつが一回だけ弁当を盗んで地蔵に持って行ってたの」

手口もバラバラで、盗んだ後に隠しておいた弁当を持って放課後早々に地蔵に走った者もいれば、仮病を使って学校を早退してまで弁当を持って行った者、登校時に盗み取った弁当を始業前に地蔵の前に置いたと語った者もいた。

「皆が皆、それぞれ工夫して盗んでいたみたいだ」

しかし何故、そんなことをする必要があったのか。

「それが妙なところで『盗んだ弁当を地蔵の所に持って行かないと皆が大変なことになる』って全員がそういう思いに囚われていたらしい。何か理由があったはずだっていうんだけど、誰もそれは覚えていなくて……あ、ここで言う〝皆〟は俺ら八人のことね」

彼らは口々に、抗《あらが》えない程の恐怖感によって、止むに止まれず犯行に手を染めたのだと語り、頷《うなず》き合った。

「自分の弁当じゃダメだったって、盗んだ弁当を供えなきゃヤバいと」

仲間のためとは言え、クラスメイトの弁当を盗んだことがバレればただでは済まない。

地蔵の前にそれを置いてしまった彼らは、他の仲間にそれを発見されることすら覚悟の上で、その行為を行ったという。

「自分はお地蔵さんの前に弁当を置いておいたはずなのに、それが学校で見つかってしまったことに皆はビビってて、誰がそれを行ったのかを考えると怖かったって」

つまり、Dさんの働きが状況を錯綜《さくそう》させてしまっていた。

「あの地蔵の前にずっと弁当が置かれ続けていたのなら、もっと早い段階で別な展開になっていたと思う。でも俺がわざわざそれを回収して学校に隠してたもんで、他の奴らは、まさかこのグループの中に自分以外の犯人がいるとは考えていなかったようだ。自分がそれをやったのは一回だけだから、他はどこかの誰かがやったんだろうと、良くすれば全部ソイツのせいにできるんじゃないかと思っていた奴もいたぐらいで」

話の終わりに仲間の一人が、やはり地蔵の仕業だったのではないかと呟いた。

「確かに、何であんなに一生懸命に弁当を隠しなおしていたのか考えると不思議な気持ちになる。理由はさっきまで話した通りだったとして、それすらも俺の意志だったのかと問われれば自信ないな。そう考えていたことは確かでも、あの時何であそこまで必死だったのか、今となっては子供の頃の感情はわからないけれど」

その事件以降、今日に至るまで〝地蔵殴り〟は行われていないそうだ。

「俺もそうだけど、皆が自然に地蔵どころかあの広場にすら近づかなくなったからね。

まぁ背景がわかった今ならそりゃそうだなって」

広場には現在工場が建っており、地蔵の行方はわからない。

「お地蔵さんをふざけて扱ったのが原因で罰が当たっていたのかもしれないと、大人になってから気付いたんだ。ささやかで、回りくどくて、わかりにくい罰だけど、俺たちにはそれでも結構効いたと思う」

まだわからない

Ｓさんは中学時代の同級会の幹事の一人になった。

会は来年、年明け早々に開かれる予定。各々に都合があるだろうから早めに出欠を取った方がいいだろうと判断し、今年の夏、それぞれの実家の住所宛に参加の可否を問う手紙を送付した。葉書にはそれぞれ名前をふり、出席か欠席に丸印を付けて投函すれば良いだけにしておいたにも関わらず、期日までそれを送り返さなかった者もいて、そんな彼らには一応電話での連絡を試みていたそうだ。

「学年全体で五十人居ないぐらいの規模だけど、会場の予約とかの都合で早めにしっかりした人数を出しておきたくてね。それにあとから『出した出さない』の話になっても困るし」

その女性はFさんといい、同じ高校に進学したSさんとは仲良しだった。

成績の良かったFさんは、しかし家の都合で進学を断念し、地元企業に勤めていたはずだという。

「地元を離れて大学に通ってた私とは、疎遠になってたんだよね」

ある頃から「Fは変わった」というような話は聞いていた。

「外交的な娘だったんだけど、その真逆のような感じになっていて、街で会って声をかけても無視されたりっていうことがたびたびあったみたいなの」

それ故にFさんに対する電話連絡を他の幹事連中が渋り、結果として元々仲の良かったSさんへお鉢が回って来た。

「携帯電話の番号はしばらく前から通じなくなっていたので、仕方なく彼女の実家に連絡を入れたんだけど……『しばらく前に亡くなりました』って」

思いもよらなかった返答。詳細を聞き出そうと試みたが、恐らく彼女の母親だろうと思われる声は「やっと落ち着いたところなので触れないで欲しい、娘と同年代の人間の声を聞くのは辛いため、以降の連絡も遠慮してほしい」と言う。

結果的に、Ｆさんがいつ亡くなったのか、どうして亡くなったのかはわからなかった。

それから少しして、Ｆさんの訃報が地元紙の訃報欄に乗った。

「他の幹事の皆が『どういうことだ？』って私に連絡をよこしてきたのね。私はあの時『亡くなった』って言われたのを真に受けて、そう皆に伝えてたから」

不審に思いつつ地元へ帰り、通夜に向かった。

「疎遠になっていたとはいえ高校まで仲良くしてたし、ご両親とも面識があったので」

あの電話口での会話はとりあえず忘れておくことにした。

「気まずかったけど、直接彼女のお母さんに会えば何か話してくれるんじゃないかと思って」

通夜の会場では、Ｆさんの父親が憔悴《しょうすい》した顔で弔問客に頭を下げていた。

「お母さんが見えなかったから、それとなく聞いてみたんだけど『亡くなってしばらくになる』ってお父さんが言うのね、ずっとＦちゃんと二人で暮らしていたらしくて『一人になってしまいました』って、俯《うつむ》いて」

Sさんは混乱したが、電話でのやり取りに関して問いただせる雰囲気ではなく、焼香を住ませると会場を後にした。

「じゃあ、あの声は誰だったんだろうって」

Fさんの死因は急性心筋梗塞、出勤前に倒れ病院へ運ばれたが手遅れだった。

「Fちゃん本人だったのかなとか、皆で話しました。同級会に顔を出したくなくて、そんな嘘をついたんじゃないかって……でもそれにしては随分歳を取ったような声だったんですよね……真相がわからないので、私も妙な立場になっちゃってて」

そんな中、更に不可解なことが起こった。

「最初に送った出欠確認の葉書が届いたんです。Fちゃんから」

出席に丸印が付いた葉書には、わざわざ「皆に会えるのを楽しみにしています」という手書きのメッセージが書き込まれていた。

「Fちゃんの字だと思うんですけど……その葉書の消印、彼女が亡くなった後なんですよ」

状況としては父親が行ったと考えるしかないが、いたずらにしては不謹慎が過ぎる。

「お父さんに確認の連絡を入れてみたい気持ちもあるんですけど、何て切り出せばいいのかわからなくって……」

タイミング

「それで、うちの母がRを連れて様子を見に行ったんです。そしたら大叔母は玄関の所で倒れたまま亡くなっていたそうで」

「じゃあ、R君はその様子を見てしまったと?」

「はい、まだ二歳なので何のことかわからなかったとは思うんですが、それ以来ちょっと変わった行動を取るようになって」

「どういう?」

「誰もいない空間をじっと見ていたりとか、夜中に起きて足踏みするとか、それまでは暗い場所って嫌がってたんですけど、最近では好んで暗い場所に居るような気がします」

「なるほど」

「大叔母は独居でしたから、葬儀の後で別な町に住んでいる息子さんが来て遺品整理をしていたんです。ちょうどRと散歩をしていた時にその場に居合わせたので、挨拶しようと玄関に向かったんですね、そしたらRが『ばあちゃんいない』って言い出して」

「ああ、やっぱり亡くなったことを理解してないんですね」

「それが、その後急に走り出したんです。驚いて私も後をついていったんですけど、庭に停めてあった息子さんの車を指さして『ばあちゃん！　ばあちゃん！』って私に向かって言うんですよ、車には誰も乗っていないのに」

「それは……」

「私もちょっと怖かったんですけど、車を覗いてみたら助手席に大叔母の位牌が置いてあって……Rはちょうどその助手席の窓を指さしていたんです」

「他にもそういうことってありましたか？」

「ええ、この前――」

ふいに電話口から聞こえて来たのは子供の笑い声。

「ん？　どうしたんですか？」

「ごめんなさい、Rが急に笑い出しちゃって」

元気な笑い声は一向に治まる気配がない。

「大丈夫ですか？」

「どうしたんだろう、ずっと笑ってる。ついさっきまで寝入ってたのに」

「電話、切りましょうか？」

私がそう言った瞬間、笑い声は止んだ。

「あれ？　スミマセン、それで――」

再び響く、笑い声。

電話口の彼女が狼狽する様子が伝わってくる。

「止めろってことかもしれませんね、止めておきましょう、またご連絡します」

「ええ？　どうしたんだろう、ごめんなさい」

電話を切る瞬間には、R君の笑い声は止んでいた。

E君の非日常

　E君が当時付き合っていた彼女と一緒に、地方の夏祭りに行った時の話。

「いつも使う駅の告知板に、立派なポスターが貼られていたんだよ。こういう催しがあって、こんなゲストが来て、夜には花火も上がりますって」

　開催場所を見ると、車でのんびり三時間程走った所にある町である。

「ちょうど同じ日にこっちでも祭りをやってるんだけど、せっかく夏だしさ、地元の祭りじゃなくて知らない町のお祭りってのも面白いんじゃないかなと思ってね、非日常体験を味わおうと」

　しかし、期待して車を走らせた先は、もう惨状といっていい様相を呈していた。

「つまんねぇんだよ、催しの一つ一つが何だか貧乏臭いし、出店なんかも数が少ないもんだから、たかだかヤキソバ買うのに何十分待ちっていう。ポスター見て期待してた賑わいとか活気とかないわけ、金の無い奴が安酒で無理矢理酔っぱらったみたいな祭りでさ」

せっかく早起きして来たにも関わらず、これでは地元の祭りの方がまだ楽しめた。嫌が応でも目に入ってくる廃れた町の様子は、求めていた非日常とは対極にある現実。

「彼女なんか張り切って浴衣《ゆかた》とか着て来てたんだけど、完全に浮いてたね。どっから来た馬鹿だよみたいな目で見られてた」

ウロウロしてみたがまったく楽しめず、諦めて昼間からラブホに入った。

「観光スポットみたいなところも午前中であらかた見て回ったし、面白くもない祭りをこれ以上歩き回っても疲れるだけだから、夜の花火までひと眠りしようぜって」

炎天下をうろついたせいもあり、汗もかいていた。

部屋に入るなりシャワーを浴び、ベッドに転がり込む

「ボロッちい外装だったから期待してなかったんだけど、案外マシな部屋だった」

冷房の効いた室内はそこそこ広く小奇麗に整えられている。

「朝早かったから、昼寝をするには申し分ないなと思ってさ」

二人、横になってイチャイチャしていると浴室から水音が聞こえた。

「止めたはずだけど？」と思いつつ確認すると、浴室で勢いよく流れているシャワー。

首を捻りながら蛇口を閉め、ベッドへ戻る。

間もなくして、またしても聞こえてくる水音、流れているシャワー。

「蛇口の締めが甘くて水がちょろちょろ漏れ出て来てるってんならわかるんだけど、殆ど全開でさ、何だろと思った。まぁでも三時間かそこら休憩するだけなのに、わざわざフロントに対応してもらうのも面倒だし」

次からは水音が聞こえても無視することにしようと思いつつベッドに向かうと、彼女がスマートフォンを弄って何事か調べている。

「あった」と見せられた画面はローカルネタを書き込む掲示板サイト。

書き込まれていた内容は、九十年代に女子高生が殺害されたという話。

「その場所ってのが、その時に俺等が居たホテルでさ」

書き込みには部屋番号は書かれていない。しかし「誰も入っていない浴室で勝手にシャワーが流れ出す」という現象が語られていた。

「まんまじゃんって、それに……」

外装に比べ、随分と小奇麗な部屋。

「これ、小奇麗にしなきゃならん理由があったんじゃないかと……」

しかしそれにしても、彼女はどうしてスマホでそれを調べたのか？

「俺も気になってね、普通は水回りの故障とか不具合を考えるじゃない？　俺自身もそう思ったからこそ何度も確認したんだしさ。だから『何でコレ調べようと思ったの？』って訊いたんだよ」

すると彼女は「気付かなかったの？」と逆に質問を返して来た。

「何のことだろうと思って、ビビってたのもあったから若干キレ気味に『なにが？』って返したんだけど……」

またもや聞こえてくるシャワーの音。

ギョッとして彼女を見ると、唇に人差し指を当てている。

「喋るなって意味だと思って、黙って」

ＢＧＭのユーロビートに紛れるように聞こえてくるソレに耳を傾ける。

――ザァアアビチャザァアアアァビチャビチャザアアアビチャ
「考えてみればさ、シャワーが流れているだけなら、ザアアアって音は一定のはずだろ？不規則にビチャビチャビチャって、確実に誰かがシャワー浴びてる音なんだ」

見つめるＥ君の顔に向かい、何度か頷く彼女。

息を潜めるように着替え、荷物をまとめる。

入り口わきの自動支払い機の前までそそくさと移動し清算ボタンを押と『三千、円です』という機械音声が鳴った。

同時にピタッと止まる、シャワーの音。

「おいおい、何だよって」

震える手で紙幣を投入し、部屋の鍵が開いたと同時に外へ走り出る。

風呂場のドアがガチャリと開く音が聞こえた気がしたが、振り返らなかった。

外は相変わらずの炎天下。

「結局、花火は見ないで帰ってきた」

帰りの道、まだゾクゾクする背中を意識しながら車を運転していると、彼女が言う。

「『よく何回も確認したね』って、私は最初から誰かが入ってると思ってたって」

見えはしなかったが、居ることは居たのかも知れない。

そんな非日常はいらねぇんだよなぁ、とE君は言った。

K君の日常

今年二十歳になったK君は、実家の近所にあるコンビニでアルバイトをしている。

「他に仕事探しても無いんすよ、ほんとは正社員で働きたいんですけどね」

よって金もない。

「家にもいくらか入れないとならないんで。車のローンもあるし、あとは保険と年金払ったら殆ど残んないっすね」

車も、先輩から譲ってもらった中古車とのこと。

「だから遊ぶっつったって金のかかることはできないんすよ、チェーンの居酒屋だって年に何回も行かないっす。盆と正月に地元を離れた友達が帰省してきた時ぐらいっすね」

そんな具合なので、遊びといえばコンビニの駐車場に仲間とたむろすることだという。

「田舎ですから駐車場広いし、皆で集まってイートインでコーヒー飲んで、後はそれぞれの車を色々弄ってみたりとかすかね」

昼間だと注意されることもあるため、集まるのはもっぱら夜。

「基本、皆実家暮らしですよ。でもガキの頃みたいに誰かの家に遊びに行くってのも気軽にはできないし、起きてても何もすることないんで、休日は夜まで寝て、飯食ったら出かけて」

後はその時のノリで、だべったりドライブに出かけたり。

「刺激ないっすからね、何か面白いことないかなと思って、この辺の心霊スポットとかは全部行きましたよ、夜中の墓地とか、神社なんかにも」

しかし、何かを見たことはないそうだ。

「幽霊とか出ればいいんですけどね、一回もないっす。雰囲気を楽しむぐらいはできますけど、何度も行けば飽きますからね。なんで基本的には荒らして帰ってきますよ」

〝荒らす〟とは？

「建物だったら窓割ったりとか、軽く火をつけて見たりとか。古そうなお墓にコーヒーかけたり、供えてあるもの全部盗ってきて幽霊が出るっていう河原で流したりもしました。あとは神社の御神木――」

次々に出てくる。

「夢も希望もないっすからねぇ、同級生の女の子たちだって可愛いような娘は全員田舎から出て行くし、基本的には男だけでツルんで、騒いでっていう」

しかし、やりすぎではないだろうか？　祟りなど考えたりはしないのだろうか？

「いや、だから刺激が欲しいわけですよ。祟りでも幽霊でもなんでもいいんで、とにかく面白いようなことが起きれば少しは気が紛れるっていうか、そういう期待なんで」

つまり、祟られても良いと？

「ないっすけどね。変なのに追っかけられたりとか、夢に出てきたりとか、そういうファンタジーみたいなことは起こらないですよ。時々寝る前とかに『明日、目が覚めなくていいな』とか思いながら生きてるんで、何かあればむしろ嬉しいっつーか」

それだけやらかしていて、本当に一度もないんだろうか？

「だからないっす、そりゃ普通に事故ったりとか、怪我したりはありますよ。この前もいつも一緒にやらかしてた友達が、夜中の交通整理の仕事中に、走行中の車からバット出されて頭殴られて、意識不明になったりとか、そういうのはありますけど」

友達は、退院後も薬の副作用で顔がパンパンになっているとのこと。

「あとは火事とか、病気とか？　まぁそんなんは別に普通にあるじゃないすか」

認知症を患った祖母がボヤ騒ぎを起こしたり、父親が脳梗塞《のうこうそく》で倒れたり。

「もう結構ホントやるだけやったんで、それでも何もないっすから、もう諦めようみたいな気持ちですよね、霊に期待するのは止めようと……マジで夢も希望もないっすよ」

何か説明のつかないような出来事が一つぐらいあってもよさそうなものだが……。

「うーん、まぁナンパした女の子が、俺の車に乗った瞬間にゲロ吐いたってことは何回かありましたけどね、つってもゲロですから、期待からは遠いっすわ」

その娘たちは慌てて車外に飛び出しフラフラの状態で逃げ去ったらしい。

「恥ずかしいってのはあったんでしょうけど、掃除するこっちの身にもなれと」

この先、どうするつもりなのだろうか？　どう生きていくのか。

「先月、一番仲の良かった友達が死んだんです。仕事なのに部屋から下りてこないんで、お母さんが様子見たらベッドの上で冷たくなってたって。休みもろくに貰えないで働いてたんで、過労が原因だろうなと。俺もまぁ同じように死ぬのかもしんないし死なないかもしんないし、わかんねっす。でもまぁちょっとは考えましたよ、親よりは長生きした方がいいなって、夢も希望もないっすけどね」

話の端々で〝夢も希望も〟を繰り返すK君。余程執着している様子。

「や、だからまぁ幽霊とか祟りとかと一緒ですよ、無いものを信じられる気持ちって言うか、信じようと思えるような出来事？　そういうものがあればいくらかは楽になれるんじゃないすか？　生きてる意味っつか。だから心霊スポット荒らすのも『そういう出会い』に期待しているからですよ、幽霊見れたら宝くじ当たるかもって思えんじゃないかなって」

私も幽霊を見たことはないが、見たくない人の前に出るぐらいなら、見たい人の所に出てあげて欲しいと思った。

ただ死ぬ

Ｉ君の祖父は非常に教養のある人で、季節ごとの風習や土地のしきたり、神事や仏事に詳しく、法事はもとより地区のお祭りの際等、とても頼りにされていた。

厳格な人物であり近寄りがたい雰囲気があったものの、言いつけや約束事などをしっかりと果たせばそれなりに褒めてもくれ、手伝いを行えば小遣いも弾んでくれた。

家族だけではなく、その土地の様々な人間に信頼されていたようで、困り事や厄介事の相談に乗っては解決に出向くといった日々を過ごしていたそうだ。

そんな「立派なお祖父《じい》さん」にも、泣き所はあった。

お祖父さんの長男、つまりＩ君の伯父にあたる人物がそれで、家を継がずに地元を離れた彼は、反社会的な集団に属し犯罪行為に手を染めていたらしく、何度も警察の厄介になることを繰り返していたのだという。

その上、何かあると家族や親類を頼って金の無心をしてきたり、そこで自分の思い通りにいかない場合は恫喝《どうかつ》をし始めるなど始末に負えない人間であったらしい。

そんな長男が、ある日「神仏絡みで酷《ひど》い目に遭っている」と狼狽し、家に転がり込んできた。助けてほしいと懇願する息子を前にして、話だけは聞いてやると家へ上がることを許可した祖父は、自身の書斎に彼を招き入れた。

やがて、一人部屋から出てきた祖父が振り向きざま、部屋でうなだれる息子に向かい「そのまま様子を見ていて問題ないだろう、もうこれ以上不敬な真似は働かないと誓って生きろ」と吐き捨てるように言葉をかけた。

結局、長男はすごすごと引き下がり、静かに家を去って行った。

当時中学生だったI君は、一連の出来事の一部始終を見ており、伯父がどんな相談を持ち掛けて来たのかに興味を持った。

祖父の難しい性格を知っていたので、怒鳴《どな》られることを覚悟の上「伯父さんどうしたの？」と興味本位の質問を投げかける。

すると祖父は「あれはもうダメだろう」と、力なく呟《つぶや》いた。

青ざめた顔の彼は、沈痛な面持ちのままＩ君に言った。

「神様も仏様も、他のどんな様々も、ある程度のところまではなんとかなるもんだ。ただしそれも度を過ぎると手に負えなくなる。普通ならその辺は当たり前の感覚として人間に宿るもんだが、アレは分別も付かないまま大人になって……もうどうしようもない」

一体なにがどうしようもないのか、伯父はどうなってしまうのか、Ｉ君は祖父の弁を図りかねた。何か言いたげな彼の表情を見て取ったのか、祖父は睨《にら》み付けるような表情で「もういい、お前《め》ぇもアレと同じになりたいのか？」と言う。

「伯父さん、どうなるの？」勇気を振り絞ってそう問うた孫に祖父は――

「ただ死ぬ、間もなく死んで何もなくなる」と答えた。

その後、伯父は一度も姿を見せていないとＩ君は言う。

生きているうち

看護師Yさんの体験談。

「糖尿病《とうにょうびょう》を拗らせちゃった患者さんで、体調を崩して入院してきたんだけど、もうどうしようもないレベルまで病気が進んじゃってて、人工透析《とうせき》してるような状態だったの。糖尿病性腎症《じんしょう》ってやつ」

その患者さん（以下Gさん）は五十代後半の男性。若い頃は随分と荒っぽい生き方をしてきたのだと得意げにYさんに話していたそうだ。

「服装なんかもチャラくってさ。もうお爺ちゃんでもいい年齢なのに若作りっていうか、むしろ幼いんだよね、言動とか態度とか」

Gさんは過去に結婚していたこともあり、成人した子供も二人いるとのこと。

「でもその元家族の人たちが病院に来ることはなかったね、だから入院なんかに関しては実の弟さんが面倒を見ていて」

過去に何があったのか知る由もないが、兄弟の仲もそれほど良好とは言えなかったようだ。

「ほんと、必要最低限。入院の時の連帯保証人になったのと、着替えを持ってくるぐらいで二人が親しく会話をしているところなんて見たことなかった」

故に寂しかったのだろうか、それを紛らわすように彼はYさんに執着した。

「私が受け持ちのナースだったってこともあるんだけど『昔のオンナによく似てる』とかって言われて、勘弁して欲しかった」

心身ともに扱い難い患者であったものの、Yさんは仕事と割り切ってできるだけ好意的に接していた。良好な関係性を築けていれば業務の上でも無駄なトラブルを避けられる。

「まあね、あのレベルまで進んだ糖尿病の患者さんが長生きすることなんてないから、多少のワガママは大目に見たりはしてたよ」

しかし、あくまでも患者と医療者という関係である、その点において必要以上にGさんを甘やかすような態度はとらない。

「それでも『そういう関係性』を求めてるんだなってのはわかった。こっちがいくら気を付けても、思いあげちゃう人ってのはいるからね」

『通帳を見せてやる』『誕生日はいつだ』『今度ドライブに行こう』等など、Yさんの気を引こうと繰り出される様々な言葉を彼女は笑顔で無視した。

「もう『今度』とか『退院』とか考えられる状態じゃないわけ、だからそういう発言もGさんが本当に病識を欠いているってことの証明なんだなぐらいにしか思わなかった。もっともそうじゃなければ、あそこまでの状態にはならないわけだけど」

Gさんが入院して三週間が過ぎた頃。

休日に出歩いた街中で、Yさんは彼らしき人を目撃した。

「あれ?　って、まさか無断外出じゃないよねと」

職場に電話をかけて確認してもらうが、部屋にいるとの返答。

「まぁそりゃそうなのよ」

しかしその日に限らず、以降Yさんは街中で頻回に同様の体験をした。

「こう、視界に見切れるみたいに居るんだよね、ハッキリ声を掛けられるような距離じゃなくて『やっぱり気のせいなのかな』っていう距離に居て、こっちが様子を見てるとスッと消えちゃう」

そんなある日、Gさんが言った。

「『Yちゃん昨日はどこどこに居たでしょ?』と。どうしてわかるの? って聞いてみると『アンタのことばかり考えていたらわかるようになった』んだと言うわけ」

Yさんが「私もGさんのこと街中で見かけますよ」と返すと、Gさんは「嘘だろ」と鼻で笑い「アンタは優しいなぁ」と呟いた。

「本人に自覚はないんだよね、私そういう話好きだから『生霊?』って思ってたのもあって、Gさんに根掘り葉掘り聞いてみたのよ、そしたら最初は面白がってたくせに段々と嫌そうな雰囲気で『嘘に付き合わされるのは空しい』とかって言うの。嘘じゃないし、自分だって私がどこに居たか当てたじゃないって言うと『適当だよ、勘だよ』って、否定するの」

そんなやり取りの中、Yさんは気づいた。

「もしかしたら、Gさんは自分の死期を薄々感じてて……だからまるで幽霊みたいに私に目撃されてるって話を嫌がってるんじゃないかと思ったの。流石にさ、失礼だったかなと」

それ以降も、Yさんは彼を街中で見かけ続けた。

「亡くなる三日ぐらい前にね『俺のことまだ街で見る?』って聞かれたから『見ないよ』って、前回の反省も踏まえてね」

Gさんは頷き「幽霊ってのもいいかな、今度は話しかけるよ」と笑った。

「ああ、やっぱりわかっているんだなって。私も言葉に詰まっちゃって」

Gさんが亡くなった後、Yさんが街中で彼を目撃することはなくなったという。

虚無の予感

そうなの、覚えている限りでは小学校三年生ぐらいから。

通学路に立ってるんだよね、黒い人が毎日。それが怖くって、お祖母《ばあ》ちゃんに学校の近くまで送ってもらったりしてた。

学校でも資料室なんかには色々溜まってたな。幽霊っていうか、もっと自然現象に近いような感じ、人の形はしてなくって、ふわっふわって煙みたいなのが移動したりするんだ。

あとは写真ね、集合写真で私の顔だけ歪んじゃうの。正面を向いて撮られると明らかにおかしな顔になっちゃうから、シャッターが下りそうだなと思った瞬間に微妙に顔をズラしたりしてた。あからさまに横向いちゃったりすると、写真屋さんが目ざとく指摘してきたりするからさ、不自然にならない程度に俯《うつむ》いて。だから写真嫌いだった。

結構さ、その辺にいるんだよ、わざわざ心霊スポットなんて行かなくてもね。体の透けた人が同じ横断歩道をずっと行ったりきたりしてるとか、ずぶ濡れのままファミレスの座席待ちの椅子に座ってる人とか、うん、子供の頃は怖かったけど、高校生ぐらいから平気になってた、気にしても仕方ないし、そういうものだと思って。

一番怖かった経験？　その質問は困る。

そうだね、例えばスズメバチがいるでしょ？　刺されたら痛いし、その可能性を考えれば怖いけど、だったら単に刺されないように気を付ければいいだけで、対処の仕方はいくらでもあるじゃない、見えるってそういうこと。

そもそも「見えない」っていうことが前提になっているから怖いんでしょ？　普通は見えないものが偶《たま》に見えちゃうから怖いんであって、私は見えるのが普通だったから。

だから、今すごく嫌なんだよね。子供産んだ後に、全然見えなくなっちゃってるのが逆に怖いんだ。うちの旦那は割と理解がある方だけど、そもそも「そういうもの」の存在を信じているわけじゃないのね。

付き合い始めた頃によく言われたのが「存在しないものでも『見える』ってことはあるんじゃない？」っていう言葉。それこそ幻覚とか幻聴とかあるわけで、脳の働きの範囲なんじゃないのって考え。あからさまに否定されたり、何か拗《こじ》らせた人だと思われるよりいいけど、よく考えてみるとそれって随分残酷な捉え方だなって最近思う。

私はね、見えちゃってたから「そういうものたちの存在」を疑問に思ったことなかったんだ。小さい頃はともかくとして、大人になってからは、ビックリはしても怖いと思ったことないの。

むしろ安心っていうか、救いになってた部分が結構あったんだって今になって思うんだよね。仮に私が死んでしまっても幽霊とかになってその辺をふよふよ漂ったりできるんだろうなって。だから、好きだったお祖母ちゃんが死んじゃった時もそんなに悲しくなかったんだ、何かのキッカケでまた会えるんじゃないかって思えたから。

結婚する前にさ、旦那が見せろっていうから昔の写真見せたの。さっきも言ったように写真嫌いだったから、変な写りの写真は処分したりして殆《ほとん》どまともな写真残ってないんだけど、卒業アルバムとかは流石《さすが》に捨てられなくてさ。

そしたら旦那がね、集合写真の私を見て「くしゃみの直前？」って「普通に可愛いじゃない」って言うんだよ、歪んだ顔見てね。

それ聞いてね、何だか複雑な気持ちになってね。

もしかしたら全部、私の気のせいって考え方もできるんじゃないのかなって。

もちろん、そんなわけないって思う自分もいるんだよ。二十年以上も「有り得ないもの」を見続けてきたんだから、そんな簡単に済ませないでって気持ちも強く……。

そうこうしているうちに子供が生まれて、子育てでバタバタしているうちに見えなくなっちゃってるのに気付いて……。

もしさ、私が長い間幻覚を見ていたんだとしてさ、そうすると私が死んでしまった後はどうなるんだろう。子供が小さいうちに死んじゃったりしたら、もうその先を見られないのかな、幽霊になって見守るなんてことは、できないのかな。

旦那に言うとさ「だから今を一生懸命頑張るんだろ」って、もっともな話なんだけど。

怖いよ、みんなどう考えてるんだろう。それを納得して生きているのが普通なの？

赤ちゃんすごく可愛いんだよ、なんでこんなに可愛いのってぐらい可愛い。

最近ずっと、絶対に死にたくないって思ってる。

幸せ

N氏の奥さんが亡くなったのは、一人娘が二歳になる直前のこと。
シングルファザーとなった彼には、妻の死を嘆く余裕すらなかった。
近隣に住む両親の協力を仰ぎ、出社前に娘を預けると帰りの足で迎えに。
眠っている娘を抱いて、三十五年ローンで建てた我が家へ。
暗い玄関を開けると、奥さんと選んだ家具が静かに二人を迎えた。

休日は、その一切を娘と過ごすことに決め、甘やかせるだけ甘やかす。
家事をこなしながらも、できるだけ娘から目を離さないようにした。
娘は、何故かいつも同じ場所を気にしている様子。

視線の先は、お腹を大きくした妻がいつも座っていたソファ。

一人遊びに興じながら、誰もいないそれに向かって何事か話しかけてもいる。

まさかと思いつつも、本来なら母親が座っていたであろう場所へ笑みを向ける娘が不《ふ》憫《びん》でならず、また、N氏自身も大きな喪失感に襲われた。


一周忌を終えた頃、良縁に恵まれた。

相手の女性は、N氏の置かれた状況を見かねて声をかけたそうだ。

彼女が家へやってくるようになってから、娘はソファを気にしなくなった。

リビングに満ちる幸せな空気。

二人が楽しそうに過ごす姿は、Fさんに決断を迫る。

葛藤、罪悪感、何よりも——。

娘がソファに興味を示さなくなるのと前後するように現れた白いモヤ。

それは形を結ばなかったが、ソファの上で確かにFさんを見つめていた。

来年、娘さんは高校生になる。

再婚後に生まれた息子さんも小学六年生。

N氏は今がとても幸せだと語った。

白いモヤは、娘さんが小学校に上がる頃までは頻繁に出現していたが徐々に現れなくなり、今ではN氏の思い出の一つとして記憶されている。

それに関して、家族に話したことはないとのこと。


ソファは現在もN家のリビングにあるものの、不思議と誰も座ろうとしないらしい。

一度、処分しようとした際、娘さんが強硬に反対した。

N氏が理由を尋ねると「わかんないけど、なんとなく」と言って笑ったという。

兄弟たち

U君が看護学生だった頃の話。

「ちょうど産婦人科実習のタイミングで風邪ひいちゃって」

風邪といえど感染性の疾患であることを懸念され、乳児を扱う場に足を踏み入れるべきではないという学校の判断により、出席の停止を申し渡された。

「実習は本来なら何人かで班行動をするんですが、僕だけ後から追加実習という形で」

一人、産婦人科での実習を受けることになった。

「でも、実習先の産婦人科医院は僕が生まれた場所でもあったので何となく安心したような気分でいました、大きくなって戻って来たぞみたいな」

実際、医院の看護師たちはU君に好意的に接してくれた。

「基本的に男性の看護師が産婦人科に勤めるってことはないですから、環境整備ぐらいしかやらせてもらえないのかと思っていたら、初日から赤ちゃんの沐浴《もくよく》とかおむつ交換とか、妊婦さんのエコー検査の介助とか色々とやらせてもらえて、かなり充実した実習で……」

ベテランの助産師や産婦人科看護師に囲まれ、いい気分で実習を終えることができそうだぞと思っていた二週目。

「待機室で受け持ちの妊婦さんの看護記録を付けていたら、手術室に呼ばれたんですよ」

その日の予定では手術室での実習計画はなかったが、声を掛けに来たベテラン看護師から「見ておいていた方が良い」と告げられ、何の準備もないまま見学に入った。

もしかすると出産に立ち会えるのかもしれない、と彼は考えていたそうだ。

そうであれば準備の段階から立ち会わせてほしかったな、などと思っていると、入口の方から看護師に連れられて一人の女性が入って来た。

すすり泣きを漏らしながら手術台に上がったその女性は、両足を開くような体位のまま固定され、圧布をかけられた。

静まり返った手術室、立ち会ったことは無いが明らかに出産の雰囲気ではない。

訝《いぶか》しんでいるU君の前に医師が現れると、女性に何事か語りかけ処置が始まった。


女性のすすり泣きは、止むことなく手術室に響いている。

それ以外には、ペチャペチャという音と、器具が触れ合う金属音。

常識的に考えて、それなりに明かりがついていたはずだが、U君にはその処置が暗がりで行われていたような記憶しかないという。

棒立ちのまま、処置の様子を見守るU君の首筋に、何かがふれた。

柔らかい頬っぺたのような感触、かすかに動く小さな手の感触。

しかしそれは冷たく、本来あるはずの温もりを感じることができない。

ささやかな吐息、何かしゃべろうとする声以前の声。

一人？　二人？　もっと多いかもしれない。

大丈夫？

看護師が声を掛けている。

女性のすすり泣きは続いている。

大丈夫？

大丈夫ではないだろう、大丈夫なわけがない、大丈夫では……

――大丈夫！　ちょっと！　あんた！

肩を揺すられハッと気づくと、U君のすぐ横にさっきの看護師が居た。

――顔真っ青だよ、気分悪くない？

そう問われ、自分の体が冷え切っていることを自覚する。

処置は終わっており、女性の姿は既になかった。

いつの間にそうなっていたのか、ぼんやりした意識のまま「大丈夫です」と言うのが精一杯だったという。

「出産だけじゃないんですよ、堕胎だって産婦人科で行われるんです」

その日は、実習を終えた後も気分は沈んだままだった。

「次の日からは、妙に看護師さんたちが気を使ってくれて」

これまでになく様々なことを話しかけられ、教えられた。

そのため昼食を一緒に摂ることを提案された時も断らなかった。

食べながら、もう四十年は勤めているというベテランの助産師が「私は自分が取り上げた子供の顔とお母さんの顔は全部覚えている」と話すので、U君が「僕もここで生まれたんです」と返すと「本当に？　お母さんの名前は？」と言う。答えた彼に助産師は「うーん、ごめん、やっぱり覚えてないな」と笑い「ですよねー」と返す。楽しいひと時。

「ただ何だかね、ちょっと空気が変わったなとは思ったんです」

自宅に帰ったU君は、居間で寝転がっている母親に「○○医院の助産師さんは、取り上げた子供と母親の顔を全員覚えているって言ってたけど、母さんのことは覚えていないみたいだったよ、俺あそこで生まれたんだよね？」と何の気なしに話した。

すると母親は「あんた、私の名前言ったの？」と何だか不安げな様子。

「言ったよ」

「黙ってた方が良いよ、私常連だったことがあるから」

首筋に、あの時の感覚が蘇った気がした。

「何て言うか、あの『見ておいた方がいい』は必然だったのかなと思いました。処置中のあの感覚っていうのも、そうなるべくして感じたものだったのかなって」

母親とは、それ以上のことは話さなかったそうだ。

思い出のお母さん

Aちゃんが小学生だった頃の話。
いつも通り、二十一時には床に就いていたはずだという。
すっかり眠り込んでいた彼女は夜中にそっと肩を揺すられた。
オレンジ色の常夜灯に照らされ、うすぼんやりとした部屋。
気配の方へ視線を向けると、ベッドサイドには母親が立っている。
「ごめんね、ちょっと起きられる？」
そんなことを小声で囁《ささや》かれ、Aちゃんは眠い目を擦りながらベッドから出た。
見れば、部屋の出口で母親が手招きをしている。
何故か明かりのついていない真っ暗な廊下を二人で進む。

時間は定かでないが、他の家族は寝静まっている様子。

息を潜めるように移動した先、庭に面した廊下で母親は立ち止まった。

「誰にも話しちゃダメだよ」

母親は楽し気にそう言い、ゆっくりとカーテンを開けた。

不思議な心持で窓ガラスに額をくっつける。

目の前には何も見えない暗い庭。

「お空を見て」

母の声に従い見上げると、目に入ったのは無数の丸い明かり。

それらは向かいの家の屋根よりも少し高いぐらいの所をグルグルと回転しながら、夜空を縦横無尽に飛び回っている。

驚き、声も出ないAちゃん。

その横で母親はしきりに「見える？　見える？」と繰り返した。

見えはするが、アレらが何なのかはサッパリわからない。

ただ「綺麗だけど何だか怖いな」とだけ思った。

しばらくそれを見た後で、母親に手を引かれ寝室へ。

「皆には内緒にしてね」

ベッドに横たわったAちゃんの頭を撫でながら母親がそう言った。


目覚めると、いつもの朝。

まるで夢のように昨夜のできごとを思い出す。

綺麗なものを見たという高揚感もあるにはあった、しかしどうにも飲み下せない不気味な感情の方が強く、その気持ちを早くどうにかしたくなった。

キッチンで朝食の準備をしている後姿に駆け寄り、話しかけた。

「お母さん、昨日の――」

気付いて振り返った母親は「何なの？」とそっけない。

Aちゃんは、その時の強烈な違和感を今でも思い出せると語った。

「まずお母さんの顔がね、違ったんだ。それまでの私の記憶ではもっと綺麗な人だったはずなんだけど、目の前のお母さんは全然そうじゃなくて……でも頭の中では『この人が私のお母さんである』っていうことに関して納得できているっていう」

後に写真やホームビデオ等を確認してみても、やはり母親の姿形は〝その朝の母親〟で間違いなかった。

「夜のこともお母さんには『夢でしょ』って馬鹿にするみたいに言われたんだけど、私の『思い出のお母さん』はそういう言い方する人じゃなかったし……」

結局、あの夜に見たモノの正体はわからないまま。

「あれが夢だったとして、私は夢から醒めちゃったってことなのかな？　それともまだ夢を見ているということなのかな？」

気になったので、聞いてみる。

「『内緒にして』って言われたのに話してよかったの？」

「うん、あの時ベッドに戻ってから『思い出のお母さん』が『内緒にしてくれていれば迎えに来るから』って言ったんだ。何のことかわからないけど、子供の頃は現実のお母さんは違うって感じてたのもあって、その日を楽しみにしていたの。でも、大人になってから何だか怖くなっちゃって……話したのもこれが初めてじゃないよ」

このみ

「だからよぉ、俺と一緒になるぐらいなら死んだ方がマシって思われてたんだなぁと思うとやりきれねぇよな、主に俺が」

「はぁ、まぁそうですね……」

「相手の男ってのも俺は知ってる奴でね、料理屋の息子なんだけどさ、まぁ百人並みっつーか、大したことないような奴だよ、なんであんなんが良かったのか、マジで」

「それぞれ好き好《ず》きってのがありますからね、相性っつーか」

「良い悪いは別にして、良い悪いは別にしてだぞ、死ぬぐらいなら俺のところにくれば良かったんじゃないの？　ダメなの？　なんでダメなの？」

「酒飲みだからじゃないっすか？」

「死なれてなければ俺だって酒なんか飲まねぇよ、好きで飲んでるわけじゃねぇの」

「それにしても飲み過ぎですよ、そろそろ止めましょう」

「可哀そうだろ？　裏切られて死んだんだよ。それをまぁ『結婚式には呼んでくれ』って、俺はそんなことを言ってたんですよ、馬鹿ですよ、馬鹿ですか？」

「え、俺がですか？」

「お前《め》ぇも大概だけどな、だから主に俺がだよ、俺が馬鹿ですよ」

「馬鹿っつーか、まぁ飲みすぎですよね」

「馬鹿だからよ、どうしようもなくなってな、やっちまったんだ」

「何を？」

「馬鹿なことを」

「どんな？」

「どんなって、どんなって言う？」

「いや、別にいいっすけど」

「どんなって言われたら仕方ねえ、ラーメン食いに行った帰りにな、表札に女の名前貼っつけてきたの、ペタって」

「どこの表札に？」

「だからその男の家のだよ、商売やってる家だからか表札にはその家の家族の名前が勢ぞろいしてんだ、その端っこに追加して来た。結婚するっつってたんだから、結婚しろって」

「勝手に？　嫌がらせじゃないすか」

「嫌がらせだよ、自殺した女も無念だっただろうし、俺も無念なんだから、そんぐらいしたっていいだろ。女自殺させてもね、警察は逮捕したりはしないんですよ」

「それにしてもどうなんですかね、勝手に表札に名前貼るのは犯罪じゃないんですか？」

「犯罪なの？」

「いや、知りませんけど」

「ちょっとは思ってやれよって思うだろ、平気なツラして通夜にも顔出さねぇんだぞ」

「うーん」

「悪いと思ってる素振りなりあればな、俺も治まったのかも知れんけど、そんなんだとこっちも辛いんだよ。何で俺じゃなかったのか、どうせ死ぬんなら俺でもいいじゃない」

「そうっすね」

「死んだ方はもう何も言えないんだから、相手にしてみれば忘れっちまえば終わる話だろ？　そんなの許しませんよ、忘れさせません、背負ってもらう」

「それは、どうなんですかねぇ」

「その男は当然として、俺は女の方にも腹立ってるわけだ、ガキの頃から一緒だったのに、俺を選ばないで死んだっていう意味では、女も馬鹿なのさ」

「ああ、なるほど」

「だから馬鹿同士くっついてろって、死んだ後に表札書き足して嫁入りの体《てい》にして」

「文学的だなぁ」

「気付いた時が見ものだなって、表札のシールはがされてたらまた飯食いに行こうと思ってたわけよ、そんでその帰りにまた貼ってやろと」

「見つかったら通報されますよ？」

「そしたらあの男の不義理を警察で述べます、逮捕しろって言います」

「苦しいっすね、ほんとにやるんですか？　この先も？」

「……」

「やらない？」

「やれない」

「やれない？」

「この前な、そろそろ気付いたかと思って様子見に行ったんだ、飯屋の駐車場が本宅の玄関に面してるから、飯は食わなくても車入れられれんだ」

「ああ」

「そしたらよ、女の名前のシールそのままで、その横に『このみ』って書き足してあった」

「このみ？　どういう意味ですか？」

「お前ぇも馬鹿だよな、表札に書き足してあんだぞ、名前だよ」

「誰の？」

「だからガキの」

「ガキって……」

「二人のガキだろ、女の名前はそのままなんだから」

「でも亡くなってるんですよね？」

「死んだ後に生まれたんだろ」

「え、え、どういう？」

「知らねえよ、何があったのかなんて」

「結婚してないんですよね？」

「してねえし、死んでるよ」

「じゃあその『このみ』は」

「幽霊の子供だろ」

「へぇぇぇぇぇ」

「俺の貼った名前の横に『このみ』だもん、そう考えるだろ、剥がしてないんだから」


「ホント、失敗したよ」

「え？」

「こんなことになるなら、自分の家の表札に名前貼るんだった」

「……」

「死んでても好きなもんは仕方ねえんだ、ほんとにもうどうしようもねぇ」

「……」

「馬鹿なことした、死なれて油断した。ホントやりきれねえわ」

逃げられない

Uさんが住んでいるアパートの近所に、おでん屋ができたのは今から六年程前のこと。

「とにかく空《す》いててさ、俺以外の客が来ることなんて殆どなかったんじゃねぇかな」

何軒かの飲み屋が連なった長屋の一画、もともとは別な店が営業していた店舗を居抜きで借り上げて営業を始めたようだとUさんは言う。

「右も左も貧乏人がくるような小汚《こぎた》ねぇ店なんだ、外に出ればションベン臭《くせ》ぇしよ、地元の人間だってよっぽどじゃなきゃ寄り付きもしねぇ場所だよ」

地元の人間ではなかったというおでん屋の店主は、どうも周辺の店への義理を欠いたらしく、開店当初から悪評を立てられていた。

「何があったのかは知らねぇけどさ、毎度毎度『いつもの連中』しか来ないような場所だから、周りの店の奴らが『あそこは云々《うんぬん》で〜』なんて噂話を立ててしまえば誰も寄り付かなくなる。田舎特有のくだらねぇ横の繋がりよ」

そんな店だったにも関わらず、Uさんには居心地が良かった。

「アパートからは目と鼻の先だし、何つっても空いてるってのが一番良かった。酔っぱらってクダを巻くような連中が入ってこない上に、値段も手ごろでボトル入れるのに二千円とかそんなもん。まぁもっともそれなりの安酒だったけど、他の店なら倍はぼったくるからな、暇つぶしには丁度良かった」

手ごろどころか、殆ど商売をする気がないのではないかという価格設定。

聞けば店主は半年前まで大きな会社に勤めるサラリーマンだったという。

「他に客もいねえから、早めに看板降ろさせてサシで話の相手してもらったりしてたんだよ、オヤジが飲む分は俺持ちでさ、奴も自分が飲んだ分だけ儲けになるもんだからバカスカ飲んで酔っ払って」

そうして通ううちに、かなり深いお互いの身の上話をするようにもなった。

「どうも女が原因で色々とダメになったらしい、女房がいるにも関わらず会社の女にも手を出して、孕《はら》ませちまったんだと。そんでまぁ滅茶苦茶になって、離婚ってんならまだ良かったんだろうけど」

奥さんは自殺してしまったそうだ。

「それも結構やらかして死んじまったらしくてよ、酔っぱらった勢いで『どういう風に死んだの？』って聞いてみたんだが『勘弁してください』つって、そん時だけ真顔になってさ」

そんなこんなで元居た街を離れ、辺鄙《へんぴ》な田舎でおでん屋を開業するに至る。

「とにかく誰も知らない町で暮らしたかったんだと言ってた。自分が悪いとはいえ、人間関係で痛い目を見たもんだから、どこかの会社に雇われるってのも嫌だったと」

つまり、店主は飲食店の経営どころか調理などに関してもズブの素人。

「まぁだから、客なんて入るわけねぇんだ。オヤジもオヤジで『私はどこかに逃げられればそれで良かったんです』なんて言ってたしよ」

一年が過ぎた頃、店主が「そろそろ店をたたみます」と言う。

「一年持った方が不思議だった。貯金切り崩しながら営業してたみたいだけど、そんな本末転倒な暮らしがいつまでも続くわけはないよな」

相変わらず客の入りは悪く、儲けが出ていないであろうことは容易に想像できた。

「何だか急にやつれたように見えてさ、随分老け込んだなって」

しかし酒を勧めると、以前に増してハイペースで飲み、酔い、潰れた。

「そんで俺が帰ろうとすると『お願いだから帰らないでくれ』って絡んで来るんだ」

その頃には、Uさんも店に長居しないようにしていた。

「オヤジがそんなんだったってのもあんだけど、何だか気持ち悪いんだ店そのものが」

カウンターの奥にある部屋から、物音が聞こえてくる。

「多分、冷蔵庫とか酒瓶とか、そんなのが置かれているスペース。その部屋が妙に騒がしいんだ、何かが落ちる音だったり、冷蔵庫が頻繁に開け閉めされるような音だったり、猫でも入って暴れてんのかなって具合で」

何気なく「そっち、何かいるの?」と訊ねると、店主は「何のことですか?」と不思議そうにする。

「すっとぼけやがんなって思ったけど、追及はしなかった。まるっきり目が泳いでてさ、可哀そうなぐらいだったから」

一年も通えばそれなりに情も湧く、客というよりも知人以上友人未満といった関係になっていたUさんは、それでもおでん屋に通い続けた。

「ある時期からはもう、あからさまだったよ。女が覗いてるんだ、さっき言った騒がしい部屋から、カウンターの方をじっと見てる」

Uさんは内心驚いていたが、それを表に出さないようにした。

「もう店を閉めるってのにバイト雇う意味なんてないんだし、身内なりなんなりが来てるんだったらじっとカウンター見つめ続けてるってのはおかしいだろ」

すると、考えられるのは。

「その自殺した奥さんだろうなと、勝手に思ってた。だから変な因縁持っちまうと面倒だと思って、見えないフリしてさ」

店主は何事もないかのように振る舞っていたが、視線はもちろん彼女の存在そのものにも気付いていたはずだとUさん。

「俺の方をチラチラ見てさ、何か探るようにしてるんだ。あそこで俺が『女居るけど』って言ったら、どうなってたんだろな」

いよいよ、店を閉めるという日。

「寂しいもんだったよ、もうおでんだの何だのは用意すらされてなくて、残ったボトルの酒開けながら、二人でポツポツ話してさ」

その日は、ずっと赤ちゃんの泣き声が聞こえていた。

「壁の薄い長屋だったから、隣の店から聞こえてくるのかなとも思ったけど、違うよなぁ、カウンターの奥だよなぁって」

それとなく泣き声の方を見るが、のれんの奥には何も見えない。

「あの女はいないんだけど、いや、いなかったからかな？　赤ん坊がずっと泣いてて」

オヤジは、テレビを見ながら虚ろな表情で笑っている。

「もうさ、年末にやる『笑ってはいけない何々』みたいな雰囲気。『怖がってはいけないおでん屋』っていう。俺だけに聞こえているわけがないんだ、奴にも絶対に聞こえているはずなのにな」

しかし何故、赤ん坊の声なのだろう？

「だからさ、奥さんが自殺したっていうのは聞いてたんだけど、もしかしたらその不倫の相手の方ってのも、何かあったんじゃないかなと俺は思ってるんだけどね」

次の日、仕事終わりに覗いて見ると、既に店の看板はなくなっていた。

Uさんはその後一度だけ、店主の姿を見た。

「軽トラで、ラーメンの屋台みたいなことやってた。助手席に女が座ってたけど、アレが生きてる女だったのか死んでる女だったのかはわかんねぇな」

ループ

Fさんは小学校五年生の一学期から二学期を何度か繰り返したそうだ。

「こんなこと言うとさ、中二病とか言われるんでしょ？　だからこれまで誰にも話したことないんだけどね」

その言葉に、別な体験談を披露してくれた彼女の幼馴染《おさななじみ》二人が一斉に「ええ？」と驚きの声をあげた。そもそもFさんは、怪しい取材を受けることになった友人の付き添いとして同席していた女性である。本来の取材対象ではなかったのだ。

それは、五年生の一学期、始業式から始まる出来事。

「転校生が来たのね、Y君っていう」

Y君のお父さんは日本各地を転々とする仕事をしており、彼もまたお父さんとともに色んな学校を渡り歩いているという。

「Y君にはお兄さんがいて、そのお兄さんはものすごくカッコいいの。一緒に転校してきて六年生だったんだけど、勉強もスポーツもできて、優秀なのよ」

しかし弟であるY君はまったく冴えなかった。

「人の良い優しそうな子なんだけど間の抜けた感じでさ。まぁどうしてもお兄さんと比べられちゃうから、その辺は損してたと思う」

そんなY兄弟は、主にお兄さんの活躍によって学校中の人気者となった。

「Y君は何もしてないんだけど、弟だってだけで上級生からチヤホヤされてた。本人は恥ずかしいのか嫌がっていたようだけど」

基本的に、Fさんの印象に残っているのはこのY兄弟のことだけらしい。

「繰り返す日常に変化があるわけじゃないんだよ『あれ、まだた』って思うだけ、学校以外でも全部同じ、まぁ小学生の日常なんてそうそう変化があるものじゃないから」

テストやなんかは有利だったのではないだろうか？

「小学校のテストなんて普通は百点取るものでしょ？　有利も不利もないよ。ただまぁ誤解を招くと悪いので最初に言っておくと、この認識はそもそも『繰り返してた』って後から気付いたことで得られたものなの、だから二回目だろうが三回目だろうが未来を知って行動できたっていうわけじゃなくて」

いわゆるデジャヴのようなものなのだろうか？

「そうそう、あれが細かく連発して起こるの、だからいつの間にか、それに予感が追い付いちゃう『あれ？　何かおかしいぞ』って思っているうちに『ああそうだったそうだった』って思う感じ、デジャヴを予知するみたいな？　しかもそれを思い出したのは全部終わった後のことなんだよ。『そうだった』ってことを後から思い出したの。意味通じるかな？」

良くはわからないが、そうだと言うのだからそうなのだろう。

何か特筆すべき出来事があるわけでもない日常だったと彼女は言う。

「逆に言えば、私が物心ついてから『特に何の思い出もない日々』ってあの時期ぐらいかも」

やがて一学期が終わり、夏休みが終わり、二学期が終わる。

「それで二学期の終業式の日に、Y兄弟が転校の挨拶をするんだよ」

壇上にあがったY兄弟がそれぞれ「今までありがとうございました、楽しかったです」という話をし、それが終わった瞬間に何故か二学期の終業式が一学期の始業式に切り替わっており、再び同じ日々を過ごすことになる。

「あれ、変だな変だなって思ってると、転校していくはずのY兄弟が『転入の挨拶』を終えたことになっているわけだよ。それでその時だけ『あれ?』って思って、また半年過ぎた時にY兄弟の挨拶を聞いて『あれ?』って思うわけ」

何度繰り返したのかわからないが、何回目かの二学期の終業式に、それまでとは違った状況が生じた。

「Y君が、終業式の挨拶で『これからよろしくお願いします』って言ったんだ、もう転校して行くのにね、それで体育館中に大笑いが起こって、Y君が泣きながら言い直して」

それ以降は、細かいデジャヴもデジャヴの予知も生じていないとのこと。

「何回繰り返したんだろう、そもそも『繰り返してた』っていうのはY君が間違った後に泣きながら『ありがとうございました』って言った時に初めて自覚したんだよね、その時に『今までと違う』って、起きてない出来事のデジャヴが起きて、あれ、今までってなんだったたんだろうと」

彼女は最低でも三回は繰り返したはずだと言う。

「私が『起きてないことのデジャヴ』を感じるまでに、最低でも一回は『起きたことのデジャヴ』を感じていないとならないわけだから、一回目は普通に過ごして、二回目は繰り返しだったとして、やっぱり三回は繰り返してなきゃならないよね？」


何が何なのか良くはわからないが、彼女の言うことを要約すると〝小学校五年生二学期の終業式に、自分が同じ日常を何回も繰り返していたと気付いた。そのキッカケとなったのは転校していくY少年が挨拶をトチったこと〟ということになる。

しかしそうすると気になるのは、Y君が転校の挨拶で言ったという「これからよろしくお願いします」という言葉。

隣に座る同級生二人の「そういえばあったね」「よく覚えてるよねそんなこと」というリアクションを見る限り、その出来事自体は本当にあったようだ。

「多分さ、私だけじゃなくてY君も繰り返してたんじゃないかな？　もしかしたら私よりもっと自覚的に。それで丁度境目にこんがらがっちゃって「よろしく～」って言ってしまったんだとしたら、どう？」

禁止事項

Bさんは転勤の多い職に就いており、何年かに一度は住所が変わる。

今の土地に引っ越して来たのは二年前、当時は息子のH君もまだ三歳だった。

「知らない土地なんで、最初のうちは嫁と子供を連れてよく散歩してたんですよ」

その日、三人で手を繋ぎのんびり歩いていると、自宅の近所に小川が流れているのを見つけた。

「子供はそういうの好きですからね、近くに行きたいっていうもんで草っぱらを踏み慣らしながら近づいたんです」

小川には魚が泳いでおり、H君は目を輝かせてその様子を眺めている。

「捕まえられるんじゃないかなって、そのぐらい泳いでたので」

休日の昼過ぎ、まだ時間には余裕がある。

子供にいいところを見せようと、Bさんは近隣のホームセンターでタモ網を購入した。

「都会育ちなもんで、そもそも私自身が面白がってたんです」

しかし、いくら目視できるからといって、泳いでいる魚を網ですくうなど簡単にできることではない。

「やってみたんですけど全然ダメでした、甘かったなと思ってたんですが」

H君が真似をしたがるので、危なくない範囲でそうさせようと網を渡すと、ひょいひょい魚をすくいあげた。

「魚が勝手に網に入って来るんですよ、アレは不思議でしたね、俺はそれをあげるのを手伝いはしましたけど、殆どHの手柄でした」

喜ぶH君を更に喜ばせようと、そのうちの何匹かを水を溜めたビニール袋に入れて持ち帰った。

「同じホームセンターで小さな水槽も買って、その中に魚を入れて」

H君は興奮した様子で、その日眠るまで水槽の側で魚を観察し続けた。

「良い休日だなって思っていたんですけどね……」

その日の夜、三人で川の字になって寝ていると、H君が急に嘔吐《おうと》しはじめた。

「これまでも昼間に遊び過ぎた時なんかにそういうことはあったんですけど、その時はちょっと様子が違ってて」

H君はしきりに「お魚逃がしてお魚逃がして」と言う。

見ると、眠る前までは元気だった魚たちは、すべて水槽の中で死んでいた。

「水面に浮いちゃってるんです。それに気付いていたのかどうか、わからないんですけど、とにかく魚を逃がせって頑張るんですよ、真っ青な顔して」

目の前で子供が苦しんでいるのだから、魚を気にしている場合ではないだろうと思ったが、奥さんまでもがBさんに魚を逃がして来るように言った。

「コイツまで何言っててんだと。それにもう死んでますからね、手遅れなんですよ。近所とはいえ夜中ですし、戻すにしても明日でいいだろうと」

そんなBさんに向け、奥さんが「早く!」と叫んだ。

その剣幕に圧されるように、Bさんは水槽を抱えしぶしぶ小川に向かう。

「小川でも夜になると雰囲気変わるんですよね、なんかおっかないなと思いながら、水槽の魚を川に戻したんです」

すると、川面にぷかぷかと浮かび、ゆっくり流されていくはずの魚たちは、様子を眺めているBさんの前でスイっと泳ぎ出した。

「懐中電灯で照らしてたんで見間違えじゃないです、最初は腹を天井にして流されていたのが、突然ビクビクっと震えて、そのままスイスイ泳いで行っちゃって」

ここでBさんもピンと来た。

「これは、持って帰ってはマズい類の魚だったんだなと」

家に戻ると、H君はすっかり落ち着きを取り戻しスヤスヤと眠っていた。

その横で、奥さんがじっと何かを見ている。

川での出来事を話そうと近づいたBさんに、奥さんが「これ見て」と言う。

「小指ぐらいの小さい魚なんですよ、洗面器の中を泳いでいるんですけど……」

魚は全部川に戻してきたはずだと首を捻る彼に「これ、Hがさっき吐いたの」と奥さん。

「どうやら嫁はそれを見たから叫んだようなんですよ、絶対に何か関係があるって思ったみたいで。俺は俺で、死んだ魚が泳いで行くのを見てますから、なんかゾクっとしちゃって」

翌日、H君はケロッとした顔で「お魚は?」と問うた。

洗面器で泳いでいる魚を見せると「おうちに帰そう」と言う。

「言う通り川に戻しました、何かあっても困るんで」

「そろそろこの土地からも引っ越すんですよ、次の土地では気を付けます」

そう言って、Bさんは笑った。

偶然と責任

Cさんの先輩であるF氏に関する話。

「なんでも早死にの家系らしくって、俺は長生きできないんだって言ってました」

高校からの付き合いで、卒業後は職場も同じ。

「いろいろと世話になってたんで、俺は結構心配してたんですよね。この人大丈夫なのかなぁって」

しかし長生きできないという割に、F氏はバリバリの体育会系であり、持病をもっているなどというわけでもなかった。

「だから一体何を根拠に『長生きできない』なんて言い出したのかわからなかったんですよね。高校時代から言ってましたけど」

理由を聞いてみても「早死にの家系なんだよ、四十まで持つかなあ」などと、F氏は他人事のように言った。

「早死にの家系っつっても、どんな死に方をするのか、病気なのか事故なのか、その辺の事を聞いてみたこともあるんですけど『色々だよ』ってずっとはぐらかしていて」

Cさんが結婚の報告をした日、F氏は「おめでとう、俺の分まで幸せになってくれ」と言った。まるで自分は結婚できないとでもいうような口調だったので「先輩も結婚すればいいいじゃないですか？　女の子紹介しますよ？」と話すと、泣き笑いのような顔をして〝せっかく結婚しても早死にだから妻子に迷惑がかかる〟というようなことを語った。

「まぁ、早死にの家系って言うだけあって、先輩は親父さんを随分早くに亡くしていたので、もしかしたらそういうのが関係しているのかなと」

どこか意固地になっている雰囲気もあり、それ以上は触れずにいた。

やがてCさんには子供ができ、時に家庭内での不和を経験するなどし、父として夫として家庭での責任の重さを痛感するようになっていく。

「それまでなら、シンドイことがあっても先輩に話をすれば、的確なアドバイスをもらえてたんですけど、家庭のことに関しては結婚してないし子供もいないですから、相談しても理想論ばっかり言われているような気がして、ピンとこなくなってて」

そんなある日のこと、Cさんは、F氏から「相談がある」と呼び出された。

「俺が相談をすることはあっても、先輩が相談を持ち掛けてくることなんてなかったので、何があったんだろうって」

並んで座った飲み屋のカウンターで、F氏は開口一番「結婚を考えている」と言った。

「親しくしている女性がいるのは知ってたんで、ついに思い切ったなと」

おめでたい報告に笑顔のCさんだったが、F氏は沈んだような表情で俯いている。

その後、彼がCさんに語ったのは以下のような事である。

〝父親は、俺が生まれて間もなく事故で亡くなった。母親は随分苦労して俺を育ててくれたが、あっけなく逝ってしまった父を恨みにでも思っていたのか、ことあるごとに『お前は早死にの息子だから絶対に結婚してはダメだ』という言葉を吐いた。俺はその言葉を真に受けて育ったものだから『自分は結婚できない』と思い続けて来た。だけど、生きていれば縁もできる、好きになったり好きになられたり、そういうことはどうしても起きてしまう。実はもっと若い頃に結婚を考えた女性がいて、それを母親に伝えた時に『ダメだ、結婚をすれば死んでしまうんだから』と強硬に反対された。しかし何よりもショックだったのは、その時に母に話されたこと。父方の祖父という人も父が幼い頃に亡くなっていて、その祖父の兄弟もまた同様に結婚間もなく亡くなっているという事実だった。これは俺も自分で調べたから嘘じゃない。母親が言うには、父方の血筋は何代か前から祟られていて、血統を残すと遠からず命を取られるらしい。母親の言葉は単なる八つ当たりではなかったようだ〟

つまり、F氏は怯えていたのだ。

「年齢を考えれば結婚に関してはこれが最後のチャンスかもしれないからって」

もっとも、二代に渡って結婚後早々に亡くなっているからといって、三代目のＦ氏までがそうなるとは限らない、限らないどころか偶然としても殆ど有り得ないだろう。祟り云々に関しては、その詳細すら不明であり母親がＦ氏を束縛するために使った方便の可能性が強い。

「俺もそう思って。きっとこの人は誰かに背中を押してもらいたいんだなと。そりゃ実の母親に『結婚すれば死ぬ』なんてことを呪いのように言われ続けてきたわけですから、頭ではわかっていても抗えない不安ってのはあったんでしょう。でも、母親もその時点で故人でしたし……」

Ｃさんは、Ｆ氏がどれだけ誠実な人間であるか知っていた。そのような関係性の母親にすら、育ててもらった恩を返すべく随分と孝行を重ねていたのを見ている。

——大丈夫ですよ、もう幸せになって下さい。

そう伝えると、Ｆ氏は泣き崩れた。

「きっと今まで誰にも話せなかったんだろうなと。自分だけで抱え込んで、悩んできたんだろうなと。他から見れば笑ってしまうような話でも、先輩にとっては重い現実だったんでしょうね。だから俺が、ずっと身近にいた俺の口から、大丈夫ですよって言ってあげなきゃならなかったんですよ」

F氏が入籍したのは、それから間もなくのことだった。

子供も生まれている。

Cさんは言う。

「俺は、先輩の幸せを思ってたんですよ。だって普通は有り得ないでしょう？　おとぎ話じゃないんだから『結婚したら死ぬ』なんてこと、まともに取り合う方がどうかしてると思いませんか？　ねぇ？　そんな話ばかり集めてるって言ってたじゃないですか？ないでしょ、他にそんな話。俺は聞いたこともないですよ。つまり、俺は、俺には何の責任もないですよね？　本当に偶然そうなったってだけで、俺はあくまで一般論に従って先輩の背中を押しただけですから、だって先輩には他に家族もいなかったし、婚約者にそんな話できるわけもないし、だから俺しかいなかったんですよ、悩み抜いてやっと不安な気持ちを吐き出せた人に対して『死ぬから止めておいた方がいい』なんて言えるわけがないじゃないですか……」

……だから、そう言うしかなかったんですよ。

挨拶

Lさんが会社帰りの道を歩いていると不意に肩を叩かれ「ヨッ!」と声を掛けられた。
男は彼の会社の元同僚で、数年前に亡くなっている。
たじろぐLさんを尻目に、男はそれ以上何も言わずそのままどこかへ立ち去っていく。

何の用があるのか定期的に、もう十年以上続いているという。

乗り換え

Eさんの職場の後輩であるU君の話。

「親友を亡くしたって話を聞いた。自殺でね。それがずいぶんと堪《こた》えたようで、人好きのする明るい奴だったんだけど、何だか鬱々《うつうつ》としだしてさ」

人柄の良さとコミュニケーション能力の高さがウリの人間であったU君は、そのような状態になってから次々と不幸を抱え込みはじめた。

「仕事でミスを連発したり、恋愛関係を拗《こじ》らせたり、借金を抱えたなんて話も聞こえ始めてた。ほんの数か月前までは『今年中に結婚を考えてます』なんて言ってた奴がさ」

もっとも、親友と呼べるような存在を失って平気でいられるようであればそれはそれで何だか薄情な気もする。少なくとも彼にとっては「親友の自殺」が日常生活のバランスを崩すような一大事であったのだろう。

「それにしても限度ってもんがあるでしょ。誰だって生きている限り、いつかは大事な人を失うんだから。それはUに限っての話じゃないんだしね」

Eさんによれば、U君は「余りにも悲劇の主人公の如《ごと》く振る舞いすぎた」らしい。最初のうちは同情的に接していた人々も、そんな様子を見て次第に鼻白んできた。

「可哀そうだとは思うし同情もするけどさ、それも度が過ぎれば『甘え』に見える。俺も含めて言うんだけど、沢山《たくさん》の奴が甘えたい気持ちを押し殺して歯車になってんのが社会ってもんだよ、いくら劇的な理由があったって、長々と妙な調子でいられたんでは流石《さすが》に不愉快にもなるさ」

そんな職場の空気を読んだのかどうか、U君は更に崩れて行った。

「薬を飲んでヘロヘロんなって出勤して来るんだ、大丈夫かよって思ってると、休憩の時間なんかにまた飲んでる。心療内科かどっかで睡眠薬だの精神安定剤だの色々と処方してもらっていたらしい」

随分と、過剰な摂取を繰り返しているようだった。

「こりゃいよいよダメかも知れんなと、会社から引導を渡される日も近いだろうって」

もともと、U君の教育係だったEさんは、彼が崩れ落ちてしまう前に何とかしてあげられないものかと考えた。

「と言っても、話を聞いてやるぐらいのことしか思いつかなかった、まぁでも会社では孤立しているような状態だったし、それが奴の不安定さに拍車をかけているのであれば、腹を割って話せる人間ってのが必要なんじゃないかなと、それが安心材料になれば少しは様子も違ってくるんじゃないかと期待してね」

終業後、U君を呼び出して飲みに連れ出した。

「深刻な話になるだろうと思って、こっちも身構えてたんだけど……」

店に入って早々、取りあえずで頼んだ生ビール中ジョッキ一杯でU君はぶっ倒れた。

「伸びたままゲロ吐いちゃって、もうどうあっても起きないだろうなっていう……」

飲み屋の床に撒き散らされたU君の吐しゃ物の中には複数の錠剤が見えた。

「そういやコイツ薬飲んでたんだよなって、俺も不用心だった。変な風にキマっちゃったんじゃないかと思って焦ったよ」

二人とも、当然の如く次の日も出勤しなければならない。

「ちょっとヤバいかもしれないとは思ったけど、病院に連れて行ったりしたら大事《おおごと》になっちゃうし、もし入院なんてことになったら、その場に居た俺が面倒を被らなきゃなんないでしょ、上司にも釈明しなけりゃなんてことを考えて、仕方ないからタクシー拾って俺の家に連れて来たんだ」

まだ夜の十時を回ったぐらいの時間帯、次の日の朝まで寝かせておけば何とかなるだろうという判断であった。

「俺も奴も一人暮らしだったからね。まぁ無理に叩き起こして家へ帰したとしても『果たして大丈夫だったのか』と俺が不安になるだろうということまで考えた結果、家で寝かせて様子を見るのが得策だと思って」

リビングに寝転がってイビキをかいているU君にタオルケットをかけ、Eさんはソファに横になった。

「仕方ないよね、最悪の場合ヤバそうだったら救急車呼ばなきゃって状況だし、俺だけ寝室で寝るわけにもいかないから」

誰のプラスにもならないまま、ただただ面倒な状況に陥ってしまっている現状に疲労感を覚えたEさんは、ついソファの上でウトウトし始めた。

「コイツの不幸に俺まで巻き込まれんのかよって、腐れたような気持ちでさ、本当は定期的に様子を見るつもりだったんだけど、眠気に負けて寝た」

不意に、何かの気配を感じ目覚めたのは深夜。

「ビクッとなって、飛び起きた」

電気がついたままの部屋。

「部屋の隅にUの野郎が突っ立ってた、こっち見てニヤニヤ笑いながら」

どこか子供じみた、いやらしい笑顔。

——おい、大丈夫なのかよ？

声を掛けるも無反応。

「人を小馬鹿にしたようにニヤニヤ笑ってるんだよね、それで……」

部屋の隅から、ツツツと細かく刻むようにEさんの側に寄って来る。

——痛ッ！

二の腕をギュッとつねられ、Eさんは声をあげた。

「『この野郎なにしやがる』って思ったよ、急に思いっきりつねってきたから」

何が面白いのか薄ら笑いを浮かべながら、彼はその様子を眺めている。

すると今度は執拗にEさんの体に触れようとしだした。

「ベタベタ触ってこようとするんだよ。何考えてんのかわかんないし、薬の影響でラリってるんなら救急車だなって思いつつも、だんだん腹が立ってきて」

——お前いい加減にしろよ！

叫び、立ち上がって突き飛ばす。

「かなり力を込めて押したんだけど、グニャッと体制を崩しただけで、まだニヤニヤしてて」

少なからず興奮していたEさんは、引っ込みがつかなくなった。

——大丈夫なら帰れ！

怒鳴《どな》りつけるようにそう言うと、彼は笑みをうかべたまま軽く会釈するように頭を下げ、何事か呟いて外に出て行った。

「何だか気味が悪くてさ、一応玄関まで行って奴が出て行ったのを確認して」

リビングに戻ると、目の前でU君が伸びている。

——はぁ？

タオルケットを頭まで被り、足だけ出して眠りこけている。

今しがた怒鳴りつけて外に追いやったのは……。

——あれ、今の誰だ？

「ブルブルって、あんなに震えたのは生まれて初めてだったな」

頭から被っているタオルケットを恐る恐る剥《は》いでみると、安らかな表情で眠っているのは確かにU君。

「もう眠れなかった」

朝、目覚めたU君は別人のようだった。

「別人っていうか、以前の彼に戻ってた。明らかに顔つきが違ってて」

昨夜のできごとは話さず、酔っぱらって意識がなくなったので家で寝かせていた旨を伝えると、彼はすっかり恐縮し何度も頭を下げた。

その日から、再び人懐こく振る舞うようになったU君であったが、それまでに培《つちか》ってきた信用をすっかり崩してしまっていた以上、同じ会社に勤め続けるのは難しかった。

「それでも、アイツなりに精一杯後始末してたよ、少ない人数だったけど送別会もやったし」

〝言い訳するわけではないですけど、夢の中に居たような数か月でした〞

そう言い残して行ったという。

「その言葉を聞いて何人かは苦い顔してたな。もっとも言葉の意味まで想像できたのは俺ぐらいだったんじゃないかと思う」

あの夜のこと。

「多分さ、Uは『取り憑かれてた』んだろう」

Eさんはそう言うと、着ていたジャケットを脱いでシャツを捲《まく》った。

「これ、ここんところ、あの夜につねられた場所なんだけど痕《あと》が刺青みたいになってて消えないんだ」

二の腕の部分に残る、かすれた刺青のような渦巻き状の痕。

「Uの腕にも同じような痕があったよ。何となくだけど、その親友の自殺ってのとも無関係じゃないような気がするんだ」

「あの晩以降、何だか眠りが浅い気がする」と言うEさんは、診療内科に通い始めたそうだ。

汚く見える

Aさんがよく利用する洗車場は夜の十時まで営業している。

「確かにその時期だけさ、洗車場が全体的に汚く感じてはいたよね。何て言えばいいんだろう、派手にゴミが散乱しているとか落書きがあるとかそういうわけじゃないの、具体的にどこがってわけじゃないんだけれど、荒れた雰囲気が漂っているって言うか、あいうのを『薄汚い』とか言うのかなぁ、それまで何度も利用してて、全然そういう風に感じたことはなかっただけに、おかしいなって」

古い車を下取りに出して、丁度新車に乗り換えた時期だった。

「できるだけ綺麗に乗りたくてね、休みの日にはきっちりワックスがけしてたから、少しの汚れなら三百円の水洗いコースで綺麗に流せるんだ、仕事終わりとか頻繁に寄ってさ」

それは、休日に一人でのドライブを満喫した後のこと。

「いつも通りスペースに車入れて、汚れを流してたのよ」

寂しい田舎の夜、闇に覆われた景色の中でポツンと照らされている洗車場。

既に時刻は二十一時を過ぎ、他の洗車スペースに車はなかった。

「つまり俺以外に利用者はいないわけ」

しかし、どうも人の気配がする。

「なんだろうと思って、気にはしてたんだけど、こっちは決まった時間で流さなきゃならないから、よそ見してる暇はなくてね」

あと小一時間程で洗車場の営業は終了する、もしかしたら管理している人間が早めにやってきているのかも知れない。

「それで流し終わって、まだ時間もあったからこのまま乾拭きしちゃおうと思ってさ」

洗車用のクロスを出そうとミニバンのトランクを開ける。

ふと、違和感があり顔を上げた。

「車の助手席に誰かが乗っているように見えた」

秋の虫の声がやけに大きく響いて聞こえる。

体を硬直させたまま、助手席をじっと見つめるも、やはりそこには誰も居ない。

「まぁ、そりゃそうだと思って」

乾拭きを終え帰ろうとすると、ちょうど管理人がやってきたところだった。

「何の気配を感じていたんだろうなぁと」

以上が、Aさんの体験である。

「地味な話でごめんね。俺以外にもその洗車場で『見た』って話はあるんだけど、俺の体験としてはそんなもんだな」

その年の夏、件《くだん》の洗車場での怪異は、ローカルで有名だったという。

「まぁ体験者としては俺が最後ぐらいだったんじゃないかな、寒くなる頃には聞こえてこなくなったから」

彼は今もそのミニバンに乗っているとのことで、帰り際に見せてもらった。

洗車が趣味だと言うだけあって、車体は黒光りしている

「色が黒いせいもあるのか、何だか妙に汚れて見えるんだよね。黄砂とか花粉とかの影響もあるんだと思うんだけど」

彼のこだわりには感服するが、素人目にはまったく汚れているように見えない。

「ワックスとかコート剤とか、色々試してみても、どうも色がくすんで見えちゃう。具体的にどこがってわけじゃないんだけど」

少なくとも私には、そんな風に感じることはできなかった。

Aさんは今でも、例の洗車場を良く利用しているそうだ。

「今はもう、あの頃のような薄汚さは感じないから気持ちよく洗車できるよ」

少し思うところがあるのだが、言った後の責任は取れないので黙っていることにした。

十八年目の亀

最近、初対面の方に飛び込みで取材を試みる際に「幽霊見たことありますか？」という質問を投げかけると空振りしてしまうことが多い。

これまでなら、そんな稚拙《ちせつ》な切り出し方であっても案外食いついてくれたものだが、近頃は極端に怪しまれ距離を置かれてしまうケースが増えた。

恐らく私の年齢が関わっているのだろう、もう中年である。

どうやら私は、皆がある程度寛容に接してくれていた「胡散臭《うさんくさ》い若者」のカテゴリから外れ「怪しいオッサン」という新しい枠組みで捉えられるようになったようだ。

「怪しいオッサン」は本当に怪しまれる、好意的に接してくれる人は少ない。

なので、三十五歳を過ぎてから今日、飲み屋などで声を掛けてみる際には、それなりに距離感を測った後で「知り合いで逮捕された人いますか?」とか「小、中の同級生で亡くなった人います?」などという言葉から入っていくようにしている。

それでも十分に怪しい自覚はある、しかし「最近どうですか?」「仕事忙しいですか?」と始めたのでは本題まで遠すぎ、そもそもこちらの聞きたい方向に話題を向けられないままに会話が終わってしまったりする。

怪異に近すぎず遠すぎず、それとなくそのような記憶を刺激するようなフレーズ、矛盾するようだが「現実的な意味」での「非現実的なライン」から話を進める必要があるのだ。

その日、そう問いかけた私に、L君は少し考えてからこう言った。

「逮捕された知り合いも、死んだ同級生もいないっすけど、うちは両親が失踪してます」

デリケートな内容であろうことを承知しつつ、探りを入れるように不思議な経験はないかと話を向けると、彼は苦笑いしながら「失踪とは関係ないっすけど、こんなことがありました」と語ってくれた。

L君は子供の頃に亀を飼っていたそうだ。

「大人の手の平より少し小さいぐらいの亀でしたね」

うっすらと水が張られ、石が配置された水槽の中でのんびりと首を伸ばしている亀を、当時の彼はうっとりと眺めていた。

「それだけでも面白かったすけど、子供だったし、やっぱり弄りたくって」

時々、水槽から亀を出してリビングに放してやる。

どこを目指すのか、ゆっくりと歩みを進める亀。

「こいつは何を考えているんだろうなぁと思ったりしながら」

裏返してみたりつついてみたり、その都度ごとの反応を楽しむ。

成すがままにされている亀の有り様はL君の好奇心を大いに満たした。

ある日、ふと〝遊び〟を思いつく。

「絵本を何冊も並べてトンネルを作って、その中を歩かせるんです」

絵本でできた薄暗いトンネルの中をのん気そうに歩いて行く亀。

その様子をトンネルの前後から覗いて楽しむという趣向。

「面白くって、何度もやりましたね」

トンネルの入り口で止まったまま動かなかったり、途中まで進んで戻って来たり、亀は思い通りには動かない。しかしそれ故に飽きることもなかった。

「半年ぐらい飼ってました、でもいなくなっちゃったんですよ」

その日も、トンネルを作って歩かせていた。

「いい感じで進んで行ったので、歩いているうちにトンネルを延長してやろうと思って」

入り口から出口に進んで行く亀の後姿を確認し、絵本を持って出口に回り込む。

「それでトンネル出口から中を確認したら、消えてたんですよね」

亀は、どこを探しても出て来なかった。

「本当に一瞬の出来事で」

なるほど、不思議な話ではある。

しかし今一つパンチが——。

「それで、その亀が出てきたんすよ、十八年経って」

「え？　生きてたの？」

「いいえ、死んでましたけど」

彼は現在、実家で一人暮らしをしているらしい。

「両親は、置手紙すらないまま本当に突然いなくなっちゃって、何の手がかりも無いんです」

小学校低学年の頃にお父さんが、中学に上がるタイミングでお母さんが失踪し、以後、祖父母と共に暮らしていた彼が、自分の実家に戻って来たのは一昨年《おととし》のこと。

「実家は、祖父ちゃんが時々面倒を見てくれていたようで、もったいないからお前住んでみたらって勧められて。歳のせいもあって手入れをするのも億劫《おっくう》だからと」

仕事の関係で深夜に帰宅することが多くなっていた頃であり、祖父母との生活時間が大きくズレはじめてもいた。

「それで、戻ったんすよ」

一戸建ての家に一人で暮らしているという。

「去年の夏でした、二階にある自分の部屋で寝ていたら屋根裏から妙な音が聞こえて」

エアコンの室外機でも回っているような、響くような重い音。

「虫の羽音みたいに聞こえたんで、蜂が巣を作っているんだと思いました。音から考えて結構デカいんじゃないかと」

しばらく放っておいたが、蜂を駆除する業者があると聞き、下見を頼んだ。

「でも結局、巣は無くて。ただ『こんなんありましたよ』って、亀の甲羅《こうら》を手渡されて」

埃《ほこり》を被り、カラカラに乾いた甲羅だった。

「まぁ、亀なんて普通、屋根裏にいないでしょ？　どうかはわかんないですけど、でも確かに亀は飼ってたわけで、そしてそれが消えちゃってますから、あの亀かなって」

骨などはなく、まるでそこに置かれていたかのように甲羅だけが見つかった。

「不思議なことって言えば、それぐらいですかね。別に怖い話じゃないっすけども」

それから少し黙って、一人言のように彼は言った。

「考えてみれば両親よりも先に、あの亀が失踪してたんだなぁ」

音の原因は不明だが、それ以来聞こえてこないそうだ。

確かに奇妙な話ではある。

怖くはないかもしれない、しかしこういう話が好きだ。


「良い話を聞かせてもらってありがとう」

そう言ってお礼代わりに酒を勧めると、L君は何か考えているようだった。

「どうしたの？　まだ続きあるの？」

そう水を向けた私の顔を見ると、彼が言う。

「俺、ちょっと怖くなってきました」

さっきまでの軽快な雰囲気とは明らかに異なる喋り方。

「なに？　どうしたの？」

何か原因でもあるのか、しきりに後方を気している。

「いや、うーん、でも……」

この上、何か続きがあるのかもしれない、期待する私の横で彼は押し黙った。

L君とは、それきりである。

後日、飲み屋のマスターから、どうやら彼が引っ越したようだという話を聞いた。

飾り物に遭遇

T氏が隣県での日帰り仕事を終え、後輩のY君が運転する車で帰っていた時のこと。

「何か危ない運転するなぁって思ってたんだ」

Y君はさっきから黄色信号で停止せずに、赤信号ギリギリを通過している。

その日の仕事は既に終わっており、後は帰るだけ。

急がなくてもいいのに、そう思いながら、通過する信号はまたも黄色。

後続の車はしっかりと車間距離を取っている、この場合、警察に見つかれば信号無視を取られてもおかしくない。

事故のもとだと感じたT氏は、Y君に「黄色は止まった方が良いよ」と告げた。

すると「私もそう思うんですが、さっきからタイミングが絶妙なんです」と言う。

どういう意味かと疑問に思い訪ねてみると「ちょっと注意して次の信号見ていてもらえますか?」とのこと。

差し掛かった信号、青である。しかし——

「ちょうど停止線に差し掛かるかどうか、あるいは少し超えたぐらいで黄色に変わるんだわ」

赤信号ギリギリというよりは、青信号から黄色になるギリギリを通過している。

Y君は「なんなんですかね、さっきからこうなんですよ」と首を捻っている。

「まぁ、無いことはないんだろうけどね。その日に限ってずっと赤信号に捕まるとか、逆にずっと青信号でっていう状況は誰にでも経験あることだろうしさ」

しかし、ずっと黄色信号というのは二人とも体験したことがなかった。

「そっからは信号に差し掛かるたびに『ああまただ!』って、二人で盛り上がりながら進んでいたんだ、どのくらいの確率なんだろうなんて話しながら」

Y君は一定のスピードで走行しており、わざとそれを狙っているようには見えない。

「仮に狙っていたとして、できるもんなのかなと思うけどね」

二人は何か不思議な現象に遭遇しているかのような高揚感を覚え、信号に差し掛かるとそれを注視して進んだ。

「面白がって、あまりにも信号に気を取られ過ぎてた」

突然、ドン！　という音と共に、車に衝撃が走った。

「しまったと、こりゃやっちまったと思って」

顔を見合わすことすらせず、すぐさま車を路肩に停め二人で車外へ飛び出る。

「辺りを見回したんだけど、何もない、騒ぎにもなってない」

周囲は普段通り穏やかな様子で慌てている二人の方が異質ですらあった。

「でも何かに当たりましたよね？」とY君が言い、車のフロント部分に回り込む。

地方の町の夕方である、人でなくとも動物をはねたということも考えられた。

いまだ周囲を気にしてキョロキョロしているT氏の耳に「何だこれ？」という調子の外れた声が届いた。

Y君が見つめる車のフロントグリルのところに妙なモノがある。

「正月飾り。正月に玄関に飾ったりするでしょ？　ホームセンターとかで売ってるアレ、ミカンの作り物とかくっ付いてるアレだった」

それは、グリルの隙間に押し込まれたようになっており、ボロボロの状態。

「どこから出てきたものなのかは想像すらできない、少なくともこれが車に当たったからと言って、あそこまでの衝撃にはならないだろうって、思ったけど」

しかし目の前に、それはあった。

間もなく夏になろうという季節である。

正月の雰囲気など欠片《かけら》も無い中で、不意に現れたそれは、二人を慄かせた。

「どういう意味なのかはわからんけど、とにかくまぁ『気を付けろ』ってことじゃないかとYに話してさ」

Y君もまた、神妙な顔で「何か、ちょっと調子に乗ってましたね」と呟いた。

二人を乗せて再び走り出した車は、間もなく赤信号で停車した。

鎮まってなかった

Aさん、三十八歳の目撃談。

夜、自宅マンションのベランダでぼんやりと煙草を吸っていたのだという。

「ちょうどうちの近所で新しいマンションの建設が始まっていてね、山を切り崩して基礎工事をやってたんじゃないかな、まだ骨組みはできてなかったから」

時刻は二十三時を過ぎた頃、工事区域の側にあるプレハブ二階建ての仮設事務所には煌々《こうこう》と明かりがついており、まだ残って仕事をしている人間がいるようだった。

「随分遅くまで働いてるなぁって。こっちは次の日も休みだし抱えていた仕事も一区切りついたところだったから、妙に気分良かったよね、頑張れーみたいな」

自宅で安穏と過ごしている自分と夜中まで働いている彼ら。

明日は我が身と思いつつ、しかしこの一時の優越感にタバコがはかどった。

「別に見せつけるじゃないけどさ、何だか楽しくなってきて暫く様子を眺めてたんだ」

蛍光灯に照らされた事務所の中では、まるで昼間のように人々があくせく動き回っている。

——んん？

しかしさっきから二階の窓辺を行ったり来たりしている黒い人影はなんなのだろう？

「随分大きな奴がいるなと、背が高すぎるから頭が窓枠の上にあって見えないんだ」

仮設の事務所であるから、そもそも天井は高くない、それにしてもかなり体のサイズが大きいように思える。窓から見える体の部分が前傾しているのはもしかしたら天井に頭が届いているからだろうか？

「のれんでもくぐってる時みたいな姿勢で、ゆっくり歩いてるんだけど……」

大きな影は事務所の端から端へ何度も行ったり来たりを繰り返しており、何か仕事をしているようには見えない。

「何やってんだろう、本当に、何やっているんだろうと」

事務所の内部はどうやらパーテーションで区切られているようで、Aさんから見て、他の職員は仕切りを避けながらほぼ垂直方向に動いているのだが、その大きな影だけは窓辺を左右に平行移動している。

「アイツだけパーテーションを無視してっつーか、仕切りそのものを通り抜けてるようにしか見えなくて」

距離があるため確認はできないが、他の職員の動きと比べれば明らかに異質だった。

見れば見る程、妙に感じる。

何か合理的な説明を付けようと観察し続けるが、どう考えたものか見当もつかない。

「人じゃなくて、なんかそういう機械なのかなとか」

しばらく見守っていると、事務所の明かりが消されはじめた。

「パッパッて、次々に消灯されていくんだけど……」

帰りの挨拶の仕草で続々と出口を出て行く職員たち。

「アイツだけまだ行ったり来たりしてるんだ」

既に暗くなった事務所の中を、それよりも暗い何かがゆっくりと動いている。

職員たちは三々五々散り始めていて、周囲から賑わいが徐々に失われていく。

「何だか怖くなったけど、これちょっと動画に撮れないかなって思いついて」

リビングで充電中のスマートフォンを取りにいったんベランダを離れ、戻って再び事務所に目をやるが、よく見えない。

「明るい部屋に入っちゃったから、もう一度暗闇に目が慣れるまで時間がかかった」

瞳孔が開くにつれ、ふたたび状況が目視できるようになってくる。

「見えないな、居なくなったか？　って思っていたら」

不意に、視野の外で何か動きを感じた。

黒い影が事務所の外に出ている。

「宙を歩いてた。事務所の壁をすりぬけたようで……。二階ぐらいの高さの所をそのまま止まらずに俺から向かって右の方向に移動して行って」

それは、ゆっくりと直線的に闇夜を歩き続け、最後は暗闇に紛れ見えなくなった。

「すっかり動画を撮影するのを忘れてたね、見入っちゃって」

悠然と歩き去る姿は、どこか神秘的な雰囲気すら纏《まと》っていたそうだ。

「それから何日かしてさ、その現場で朝っぱらから地鎮祭みたいなことやってたんだよ。でもおかしいだろ？　もう着工して基礎工事始まってるのに、何で今更地鎮祭なんだよって」

Aさんの奥さんによると、基礎工事の前にもしっかり地鎮祭は行われていたそうだ。

庭柱

これまでの経験上、名家旧家にまつわる話には外れが少ない。

特にそのような家庭の出身者から語られる怪異は、よく整理されており、話としてまとまっている上に、内容がしっかりしているため書きやすいものである事が多い。またその殆どが〝怪談としての因果関係〟がハッキリしているのも特徴である。

新味がある怪談であることは少ないものの、話をふると当たり前のように〝妙な出来ごと〟として何十年も放置されたままの〝その手の話〟がボコッと出てくる。

以下に記述するのは、その典型と言えるようなものだ。

「それで、僕の祖父は戦後に事業をたちあげたわけ」

R氏はそう言って地酒を口に含むと、顔を綻《ほころ》ばせた。

「まぁその祖父ってのが豪快な人物でね、農地改革で取られた土地を取り返すんだって、当時随分息巻いてて、寝る間も惜しんで働いて」

事業は軌道に乗り、結果、R家は今に続く繁栄を手に入れた。

「いやぁ、今はもうダメだよ。父の代で大分おかしなことになってるから。あの人たちが拗《こじ》らせた状況をキッチリ解決して、その上で手渡してくれるってんならまぁ考えるけど、多分無理じゃないかな、兄もいるし、僕は関わらないよ、それにね——」

多分、家自体もそろそろ終わると思うんだ。


話は昭和四十年代に遡《さかのぼ》る。

事業を成功させた彼の祖父は、新しい自宅を建築することを思い立った。

もともと住んでいた家は、成功者である今の自分には相応《ふさわ》しくないと考えていたらしく〝自分に相応しい土地〟を見つけるため方々を探し回り、気に入った土地を見つけるまでに二年の歳月を費やした。

「土地も単に利便性を求めるだけじゃなくて、景色とか地形とかを最重要視したみたい。水が湧いてるかとか、その流れはどうかとか、相当こだわって」

それには理由があった。

「家そのものよりも庭を造りたかったんだって、いわゆる日本庭園っていうのとはちょっと違うんだけど、まぁ池があって茶室があって、四季折々の花が咲いてみたいなね、そういう庭を造りたかった。だから半端な土地ではダメだったんだろうね」

業者を雇っての庭造りに二年、上物を建築するのに一年、土地探しからを含めれば実に五年の歳月をかけ、R家は竣工した。

「実はさ、この工事期間中に敷地の中で亡くなった人がいるんだよ」

仕事を依頼した造園業者の下働きをしていた人間だった。

「詳しいことはわからないんだけど、急に倒れたから水を被せて日陰で休ませてたら亡くなっていたって、今でいう熱中症とかなのかな」

新しく家を建てようという土地で、その工事中に死人が出たとなれば一般的には忌《い》まわしく思われるであろうところだが、彼の祖父は違った。

「立派なモノを建てるのに人柱は付きものだって、むしろ良かったたって喜んでたとか。変わっているというか、そもそも感覚が違うんだな」


そして、その家で暮らし始めたＲ一家だったが、祖父は日々浮かない顔。

「庭が、思っていたのと違うと。何だかパッとしなかったようで、祖母は八つ当たりされて苦労したみたい。まぁ後から聞いた話ではそれだけじゃなかったみたいだけどね」

その〝パッとしない〟を解決するために、わざわざ京都から庭師が呼ばれた。

「ホント、出来たばかりの庭だし、懇意にしている地元の造園業者もいるんだからさ、四季の移ろいも考えて様子を見ながら少しずつ手入れをすればいいのに、金に飽かせて何でもアリって感じだよね」

まだ生まれていなかったＲ氏には評価の仕様もないが、彼の祖母や父が見る分には十分に見事な仕上がりだったとのこと。

「直すところなんて無いだろって皆思っていたそうなんだけれど」

家人の注目を集める中、庭師は「一か月下さい」と言い、それから毎日のようにやってきては庭をうろつき、思い出したように木々の剪定《せんてい》などをした。

「別に大したことはやってないのに、随分いい金取っていったらしいんだ。でも工事をするとか大事にはなりそうもないし、祖父がそれで納得して機嫌を直すのならいいかって」

そして間もなく一か月という頃、庭に石が一つ運び込まれた。

庭師は「これ以外にない」と言い、悩みに悩み抜いた結果であると祖父に告げた。

「これには祖母も父も驚いたって言ってる」

たった一つ石を置いただけで、庭の雰囲気が激変した。

どこか作り物めいて浮足立っていた庭の空気が、まるで何百年もそこにそうしてあったかのように静まったのだという。

「祖父は大喜びで、余計に謝礼を渡したって」

家長の機嫌も治り、R家はようやく新居に腰を据えることができた。

「で、ここまでが祖父や祖母に聞いた僕が生まれる前の話。ここからは僕の話」

R氏は、そんな祖父に大層可愛がられた。

「祖父は父とも仲が悪かったし、先に生まれた兄もそんなに好きではなかったようでね」

父や兄を差し置いて「お前がこの家の跡取りだ」などと、本気ともつかない冗談を言っては、R氏を猫可愛がりした。

「何歳ぐらいだったかな、僕はさ、庭に男の人がずっと立ってることに気付いてたんだ」

その男はいつも決まって同じ場所に立っている。

「その場所っていうのが、さっき言った石の上なのね」

どこか苦しそうな表情で直立しているのは、逞しい半裸の若い男。

「しんどそうだったから、声かけてみたりもしたんだけど喋れないようで」

不思議と触ることもできなかった。

R氏は、そんな男の慰めになればという思いから、庭に咲く花を摘んで彼の前に供えたりしていたそうだ。

「それを祖父が見ていて『お前、見えるのか?』って僕に言うんだ」

頷くと、祖父は破顔しR氏の頭を何度も撫でた。

「ただざ『コレは神様でも仏様でもないから花なんかあげてはだめだ』って」

優し気にそう諭されて以降、R氏は庭の男に花を供えるのは止め、ただ見守るに留めた。

夏の炎天下でも、冬の木枯らしの中でも、男はR家の中庭、庭師が設置した石の上で、諦めたような顔をして立ち続けた。

「僕と祖父以外は、親戚を含めても誰もアレが見えないんだよ」


R氏が高校に上がった頃、祖父は「アレどうなってる？」と彼に訊ねることが増えた。

「何故かは知らないけど、祖父にはだんだん見えなくなってきてたんだと思う」

男は、R氏が子供だった頃に比べ明らかに痩せてきていた。

「まぁ、変な言い方だけど『年取ってる』って思ってたな、だから祖父にもそう伝えた」

すると祖父は笑いながら「おい、アレがダメんなったら逃げろよ」とR氏に言う。

「アレはこの家の保険のようなものだと思えっていうから、ふーんって。詳しく話を聞くことはしなかった、そういう雰囲気でもなかったし、その時はもう僕なりの理解もあったから」

――お前の親父がもっと賢ければ、お前に継がせることもできたんだろうが……。

「『意味わかるな？』っていうからさ、親父に言わなくていいの？　って返したら『アレもお前の兄貴も馬鹿だからな、言っても無駄だ』って、確かに馬鹿なんだけどさ」

その祖父が亡くなって、十年が過ぎようとしている。

庭の男は、今、骨だという。

「まだ立ってるけど文字通り骨、ガイコツ。しかも何だか腰椎でも圧迫骨折しているみたいな感じで、もっとも僕も子供の頃のようにハッキリとは見えなくなってきてるんだけどね」

R氏は、医師として独立し、既に家を出ている。

「『アレがダメになったら逃げろ』ってことは、いずれアレはダメになるものだってことでしょ？　どうせ逃げなきゃならないんなら、ダメになるまで待つ意味がないもの」

R氏の父と兄は、現在も家業を切り盛りしている。

「言っても無駄だと思いつつ、言ってあげたこともあるんだけどね。やっぱり馬鹿だから人の話なんてちゃんと聞けないんだよ」

〝保険のようなもの〟とはどういう意味なのだろう？

「だから人柱だよ、R家のための人柱。祖父は多分、その亡くなった作業員を本当にうちのための人柱に仕立てたんだと思うんだ。家を新築した頃に、親父は何かやらかしたみたいでね。家業を継げる器じゃないと判断されたんだろう。僕からみても馬鹿だと思うぐらいだしさ。そんな息子の未来を悲観して、保険をかけたってこと。そうなるとさ、京都から呼んだのも本当に庭師だったのかどうか怪しいところでね」

すると、それが骨になってきているということは……

「もうダメになりかけてるってことでしょ、祖父の会社も、父の代になってからホントにラッキーで持ってるような状態だからね。アレは、その分の対価みたいなものを無理に背負わされたせいであんな風になっちゃったんだろう。僕が花を供えてた頃は、少し笑ったりしたこともあったんだけど、もう表情もわからないんだもの、いい加減終わりにした方がいいんだよ」

冬の帰り道

Qさん夫婦は共働きである。

仕事場が同じ方向にあるため、Qさんの運転する車に乗って奥さんも出勤、帰りはQさんが奥さんの仕事終わりを待ってピックアップし帰宅する。

一昨年の冬のこと、仕事を終えたQさんはいつものように奥さんの勤務先に車を乗り付け、その帰りを待った。

小雪がちらつきはじめており、Qさんは雪が本降りになる前に家にたどり着きたいなと考えていた。

暫く待っていると、いつもよりいくらか早めに奥さんが会社から出てきた。

コートの襟元《えりもと》を押さえながら、小走りで車までやってくると「本降りになる前に帰りたくって」と言う。

さすがに夫婦になっただけあって考え方も似ている。

何となく気を良くしたQさんは「お疲れ様」と伝えるとニヤニヤ笑いをしながら車を発進させた。

次の日は休みである、雪が積もれば外出は億劫《おっくう》になるだろうからと話し合い、近所のスーパーで手早く買い物を済ませることにした。

買い物を終えて車に戻ると、雪は幾分勢いを増しているようだった。

——明日はきっと積もるだろう。

二人の判断は正解だったなと思う、やはり何となくうれしい。

ニヤニヤ笑いををかみ殺しながら車を発進させると、暫くして胸ポケットに入れておいたスマートフォンが震えた。

表示された相手は、今隣に座っている奥さんである。

彼女は前方を向いたまま、太腿に両手を置いて静かに目を閉じている。

電話をかけている素振りはない。

もしかすると、何かの間違いで勝手に発信されたのかも知れない。

ポケットに滑り込んだ雪がスマホにイタズラをしているのかも知れない。

奥さんは目を閉じているが眠っているわけではないだろう。

軽く一芝居打って週末の夜を盛り上げよう、そう思った。

「もしもし、どうやって電話をかけたの？」

電話に出るなりそう言って笑ったQさんの耳に「何言ってんの？」という不機嫌な声。

それは聞きなれた奥さんの声である。

電話の声は、Qさんの反応を待たずしてまくし立てる。

「この寒い中でいつまで待たせる気？　残業があるならあるって早めに連絡してよ」

強い語気だが、どこか泣きべそのような声色。

「ちょっと、聞いてるの？」

聞いている、聞いているが――

自分の妻は確かに隣で目を閉じている。

もちろん喋ってなどいないし、電話のやり取りに反応しない様子をみれば眠っているのかも知れない。

するとこれは。

不可解、しかし電話の向こうの声は確かに妻の声。

どうしても無視できずに「今、スーパーに寄って……」と言うと、返って来たのは「なんで？」という反応。

「明日、積もるかもしれないから……」しどろもどろでそう答えたQさんの耳に飛び込んで来る「はぁ」というため息と「積もらないよ、晴れるよ」という声。

「星空だもん」言われて窓から覗くと、確かに星が出ている。

気付けば雪も殆ど治まってきていた。

「○○に居るから、迎えに来てね」そう言って電話は切れた。
○○は二人がよく行く喫茶店である。
返事をしそこねたQさんは、隣で目を瞑《つむ》っている妻を見、そのまま帰宅した。

自分でもわからないが、その状況に異常な性的興奮を覚えたと彼は言う。

以降、電話はかかってこなかった。

翌日、奥さんが寝室のカーテンを開ける音で目覚めた。
外は快晴で雪は積もっていなかったそうだ。

あとがき

六度、お目にかかる事となりました、小田イ輔です。
この度は拙著をお買い上げ頂き、まことにありがとうございます。
寒くなってまいりました、こたつミカンのお供にでもなれていれば幸いです。

さて、今回も様々な方々にお話を伺って回りましたが、今年は何故か「オーブ」という言葉をいつもより多く耳にしました。耳にするだけではなく実際に多数の写真を拝見させても頂きました。
私自身、映像関連の仕事についていたこともあり、いわゆる「オーブ現象」に関しては、まったく魅力を感じていなかったのですが、あまりにも大勢の方にオーブオーブと語られるため、どうにも気になってしまい、一時期は「オーブの写真とかありますか？」とだけ訊いて回ったりもしました。すると出るわ出るわ、オーブの大豊作。

しかし様々な局面で撮影されているそれらは、ピンボケした埃か何かで間違いないように思われ、画像上不思議なことなどなく、怖くもなく、面白くもないものばかり。

そんな折、はたと気付いたのです。それら単なる埃の写り込みを脚色する、数々のバリエーション豊かな背景の存在に。

「仲間と行った心霊スポットで」「通りがかった事故現場で」「救急車の停まっているコンビニの駐車場で」「虐待を受けていたらしい高齢者の居室で」「自殺した姉の部屋で」等など、映っているピンボケ埃を何某かにするための様々な語り、でもこれ逆なんですね、私は誤解していました。

「オーブが写ったから何々」ではなく「何々だからオーブが写った」なんです。

そこでシャッターを切る必然性があったからこそ、そして実際にシャッターが切られたからこそ「オーブ」が写っているんです、まぁ当たり前の話なんですが。

家族から十分に介護してもらえず、床ずれだらけの体で施設に入って来たお爺さん。入所後間もなく亡くなったそうですが、その彼が去った後の居室でオーブを撮影したという介護士のYちゃんは「絶対に何か写ると思って」シャッターを切りました。

大学を卒業し、アルバイトをしながら十年以上就職活動を続けた末に、力尽きたように自殺してしまったお姉さん。その部屋でオーブを撮影した弟のR君は「まだ姉がそこで笑っているような気がして」シャッターを切りました。

コンビニの駐車場に停めた車の中で、舌を出したまま昏倒している男性を見つけ救急車を呼んだというE氏は「明日は我が身だ」と思い、休みなく働いている自分に対する自戒のため、遠目から救急車を撮影、結果オーブが写っていたそうです。

ですがそれらは、撮影者個々人の強い思いを受けながらも、写真的にはピンボケした埃でしかないのです。

正直、もったいないなと思っています。

なぜなら、それこそが怪談であり、もっと別な現象として発露をみてもおかしくはない要素を十分に揃えているからです。

誰しもがスマートフォンを持つ時代、画像や映像というダイレクトな記録メディアが身近に使用できるようになった今、多様化する背景に反比例するように、本来起こるべきだった怪異の数々が「オーブ」という現象に喰われてしまっている感があります。

個人的な欲望としては、奴らオーブの腹を掻っ捌いて、中から本来あったはずの怪異を引きずり出し、皆様の元にお届けしたいという気持ちがあるのですが、それは怪談実話を書いていく上ではご法度、禁じ手であるのです。

私にもっと表現力や語彙があって、更に挫けない心があれば「すべてオーブ落ち」の怪談本を書くこともできるのでしょうが、現状そうではなく、本当に切実に力を付けなければと思っています。

そこかしこに浮いている、誰かの思いを背負った埃の輝きにこそ、現代怪談のリアリティが詰まっているのではないかと予感した、とだけ、ここで述べておきます。

皆様の周りの怪異がオーブに喰われることの無きようお祈りして、では。

二〇一六年　一一月　小田イ輔

ＰＳ

本当に本当に毎回毎回大変ご苦労をおかけしてしまっている担当のＮ女史。

そしてお力添え頂いた竹書房Ｍ様に、ありったけの感謝を申し上げます。

「忌」怖い話　加藤一

「超」怖い話4代目編著者、待望の新単著が登場！
その名の通り過去最高の忌まわしさを詰めこんだ、
最凶の実話怪談！

恐怖怪談　呪ノ宴　城谷歩

言の葉が冥府から闇を呼び寄せ、怪異が立ち上がる…。
怪談ライブバー「スリラーナイト六本木」の
怪談師が文庫初登場！

怪談実話傑作選　弔　黒木あるじ

恐怖の爪痕が永遠に體と心を蝕む！
鬼才の大人気「怪談実話」シリーズから、
呪われた最恐怪談を厳選収録！

恐怖箱　海怪　加藤一／編著

恐怖！　海辺の心霊体験談。漁師、釣り人、サーファー、
海と生きる人が語る海の闇。
あなたはこれでも泳ぎに行けますか？

猫怪談　黒木あるじ、我妻俊樹 他／著

猫の目に映るは人の闇に潜む怪異か…
祟りから恩返しまで、最凶猫の実話怪談集！

恐怖実話　狂忌　渋川紀秀

サイコホラー＋心霊怪奇！
臨界を超えた狂気怪談がふたたび登場！
ふたつの恐怖が交互に襲い来る大好評第2弾！

「超」怖い話　丙　松村進吉

ビギナーからジャンキーまで、怪談読むならこれ！
夏の大本命、シリーズ誕生25周年の威力を
魅せつける圧倒的恐怖世界！

瞬殺怪談 刃

平山夢明、黒木あるじ、牧野修、伊計翼、我妻俊樹、神薫、黒史郎、幽戸玄太、つくね乱蔵、橘百花、吉澤有貴、冨士玉女／著

うっ怖い！ 60秒で読める怪談、157話集めました！ 恐怖の刃が容赦なくあなたを切りつける、一撃必殺の激冷え怪談！

恐怖箱 彼岸百物語

加藤一／編著 高田公太、ねこや堂、神沼三平太／共著

4人の怪談猛者が数珠つなぎに百の恐怖を語り尽くす！ 不気味、ひやりから絶叫、ゾゾゾ…まであの世が見える実話怪談！

実話蒐録集 漆黒怪談

黒 史郎

日常生活が怨念と恨みで塗り潰され、ドス黒い炎が心を焦がす！ 闇よりもなお暗く、深く……絶望に突き落とされる恐怖実話！

怪談手帖 怨言

徳光正行

恐怖と狂気の噂は実話だった！ 体験者がいる！ あなたの知らない世界。芸能界の内外で見聞きした戦慄の怪異譚、大好評第2弾！

恐怖箱 凶界線

鈴堂雲雀

祟りはある、霊はいる…。生霊、地縛霊、北の怪談狩人が見聞きした呪われた地と人に纏わる恐ろしき実話。息がとまる恐怖譚！

奇々耳草紙 死怨

我妻俊樹

幽明が怪異を産み落とす実話怪談集！ 感じる人は憑り殺される…歌人の感性がとらえた一瞬の怪、日常に潜む禍々しい恐怖実話！

百万人の恐い話 呪霊物件

住倉カオス

大人気怪談サイト「百万人の恐い話」主宰者が、瑕疵物件をはじめ、心霊現象の現場から禁断のレポートをお届け！ 大反響、シリーズ第2弾！

恐怖箱 煉獄怪談

雨宮淳司、戸神重明／著

圧倒的な表現力で恐怖を炙り出す怪談文豪・雨宮とデビュー作「深怪」でいきなりヒットを飛ばした戸神。最凶タッグで綴る怪談死季折々！

怪談売買録 拝み猫

黒木あるじ

振り向くな！　耳を澄ますな！　怪しい気配を目で追うな！　怪異はすでにそこにいる…。禍々しい風土の祓えない恐怖譚！

あやかし百物語

伊計翼

永遠の業火で呪われし九十九話。読み終えた後は…知らない！　YouTuberせきぐちあいみも戦慄！怪談社百物語シリーズ、第2弾！

「超」怖い話 仏滅

久田樹生

不思議なこと、空恐ろしいこと、あるんです…。大反響の前作「怪仏」に続くお寺の住職が語る怖い話。占い師の語る恐怖実話も同時収録！

怪談五色 破戒

我妻俊樹、川奈まり子、丸山政也、渋川紀秀、福澤徹三／著

鬼火が照らすこの世の阿鼻叫喚！永遠不滅の恐怖を五人が織りなす実話集。多彩で救われない恐怖怪談！　大好評第4弾！

恐怖箱 酔怪

加藤一／編著

酔いは醒めても恐怖は消えぬ…。恐怖箱の人気作家14人が競作、酒場の霊から御神酒の怪まで首まで浸かって溺れる実話怪談!!

実話コレクション 邪怪談

2016年12月6日　初版第1刷発行

著者　小田イ輔
デザイン　橋元浩明(sowhat.Inc.)
企画・編集　中西如(Studio DARA)
発行人　後藤明信
発行所　株式会社 竹書房
〒102-0072 東京都千代田区飯田橋2-7-3
電話03(3264)1576(代表)
電話03(3234)6208(編集)
http://www.takeshobo.co.jp
印刷所　中央精版印刷株式会社

定価はカバーに表示しています。
落丁・乱丁本の場合は竹書房までお問い合わせください。

ISBN978-4-8019-0927-4 C0176